AF199741

Eine Geschichte von bindungsgestörten Socken und freilaufenden Egos

Von Tamara L. Una

Buchbeschreibung:
Dieses kleine Werk handelt von der Suche nach sich selbst, dem Versuch erwachsen zu werden, persönlichen Wahrheiten, Depressionen, Socken, Drachen, und noch einigem mehr. „Eine Geschichte von bindungsgestörten Socken und freilaufenden Egos" ist eine Entwicklungsgeschichte der etwas anderen Art. Mit Fantasie und Humor macht sich die Autorin auf den Weg zu sich selbst.

Über die Autorin:
Die Autorin Tamara L. Una, lebt mit einer Posttraumatischen Belastungsstörung, im Rahmen einer Trauma Therapie entstand die Idee zu dieser Geschichte.

Eine Geschichte von bindungsgestörten Socken und freilaufenden Egos

Von Tamara L. Una

1. Auflage, 2017
© Alle Rechte vorbehalten.

Herstellung und Verlag:
BoD - Books on Demand, Norderstedt
ISBN 978-3-7448-7534-9

Inhaltsverzeichnis

Gewidmet den Menschen, die an mich glaubten, als ich es noch nicht konnte.

1. Anmerkungen der Autorin

Es gibt viele Bücher von traumatisierten Menschen, oft sind es schonungslose Berichte darüber was Menschen einander antun können, auch Kindern. Des Weiteren gibt es natürlich auch jede Menge Fachliteratur. Beides ist notwendig und wichtig. Das kleine vor Ihnen liegende Werk ist weder das eine noch das andere. Es ist der Versuch, mein Wunsch, aktiv, kreativ, und flexibel mit Erlebnissen umzugehen. Mit persönlichen Erfahrungen zu arbeiten, und vielleicht sogar aus diesen schlimmen Erfahrungen etwas entstehen zu lassen, das eine gewisse Schönheit in sich trägt. Herausgekommen ist eine Suche nach einer rein subjektiven durch und durch persönlichen Wahrheit. Ich als Autorin, beschreibe hier mein Erleben, Denken, Fühlen und wie ich es verändern konnte. Das Schreiben dieser Geschichte hat mich einen neuen Blick auf mich werfen lassen, und mir geholfen mir endlich selbst die Hand zu reichen. Nun hege ich die Hoffnung, dass das Schreiben dieser Geschichte nicht nur in mir etwas in Gang gesetzt hat, sondern das es auch beim Lesen für andere etwas in Gang setzt, das eine gewisse Schönheit in sich birgt..

Tamara L Una

2. Vorwort

Es geschah an einem Tag, irgendeinem, voll wurscht welchem, als mich eine Erkenntnis traf. Oder nein doch nicht. Es herrschte Nacht, tiefste Nacht passt viel besser, war nämlich keine hübsche, nette Erkenntnis. Also es war Nacht, ich stand in meinem Zimmer, planlos, ziellos. Meine kleine Nachttischlampe brannte und das warme Licht spielte mit den Schatten, auf eine Art, die an Liebende erinnerte. Und da kam sie angerauscht, mit wildem Schritt, die Erkenntnis, und ich taumelte im Geiste getroffen zurück, weil ich fand, das gehörte sich so bei einer ordentlichen, ausgewachsenen Erkenntnis. Ich war einsam und zwar, in ganz neuen, unerforschten Dimensionen. Nicht auf die Art, die sagt, ach könnten wir doch bei einander ankommen so richtig, so ganz, uns erkennen als das, was wir sind, uns halten, verstehen, streiten, lieben, guten Sex haben oder so.

Sondern auf die Art, die gar kein Gegenüber erfordert. Es ging gar nicht um andere, nicht um ein Gegenüber, das fehlte. Es ging um

Verlust. Ich hatte etwas ganz Entscheidendes verloren: mich. Ich hatte mich verlassen, und mich noch nicht mal verabschiedet. Frechheit eigentlich. Daher fühlte ich mich so tot, wie ein Lebender sich nur tot fühlen konnte. Und es machte sowas von keinen Spaß. Wer will schon Zombie sein, Hexe vielleicht oder Werwolf, sogar Troll würde ich mir notfalls einreden lassen. Aber lebend Leiche, nö, voll doof.

Dass ich an der Situation vielleicht ein bisschen sehr, selber Schuld war, machte sie nicht wirklich besser. Weise Menschen sagten mir, schon vor einer ganzen Weile, das Leben sei eine viel leichtere Angelegenheit, wenn man sich selber kennt, Bedürfnisse und so was. Nur hat von denen keiner gesagt, dass es passieren könnte, dass einem nicht gefällt, was man sieht, oder dass man sich so erschreckt, vor sich selbst, dass man schreiend davonrennt. Dabei ging's mir gut; ich stellte nie Fragen und war Profi darin, so zu tun als würde ich leben. Damals war ich vielleicht auch ohne mich unterwegs, aber das wusste ich nicht, und es störte nicht, da ich von Menschen und deren Innenleben umzingelt war, die meiner Aufmerksamkeit bedurften. Doch ich war neugierig, daher begann ich vorsichtig nach mir zu suchen, sah mich aufblitzen und wieder verschwinden. Am Anfang war das sogar noch ganz nett, ich fühlte mich gestärkt und weniger wie ein schlechter Schauspieler, der versuchte zu sein, was andere möglicherweise brauchten. Ich wollte Ich sein, kein Requisit, angepasst an fremde Leben. Doch mit der Zeit sah ich immer mehr an mir, in mir, das ich hässlich fand, abstoßend, beängstigend. Zu viele Schatten und Menschen hatten mich zu etwas gemacht, das ich nie sein wollte. Und je mehr dieses Etwas in mir aufflackerte und brannte, desto mehr Energie verwendete ich darauf, mir irgendwie zu entkommen. Dem was ich sein könnte, dem was ich nicht sein könnte. Und da stand ich nun bei Nacht in meinem Zimmer und stellte fest - es war geglückt. In mir pure Leere. Nicht so eine verwässerte, billig Leere, sondern eine träge, satte, schwere, die einen in sich hinunter zieht, bis man den persönlichen Tiefpunkt eines ungelebten Lebens erreicht. Würde ich eine Geschichte schreiben, würde der Held, nun an diesem Punkt angekommen, tief seufzen, den Blick heben in Richtung Welt und dann die Ärmel hoch und sein Leben umkrempeln. Wie das Helden nun mal tun, im Angesicht von Leid, Gefahr und Erkenntnis. Aber Helden stehen gerade nicht zur Verfügung, nur meine Wenigkeit, die den Blick in Richtung Himmel hob und jammerte. Weil halt sonst grad keiner da war, musste eben Gott herhalten. Machte aber auch keinen Spaß, weil Gott nicht angemessen, verständnisvoll und bestürzt auf mein geklagtes Leid reagierte, was bedeutet er reagierte gar nicht. Ich wandte mich ab von Gott, und mein Blick landete zufällig beim Spiegel, bei meinem Ich ohne mich. Ich winkte in den Spiegel hinein, und von dort zu mir zurück. War sehr angenehm, mir so zuzuwinken, als wäre ich noch bei mir. Daher tat ich es eine ganze Weile, bis ich das neue und noch ganz frisch glänzende Bedürfnis hatte, mir die Hand zu schütteln, hallo zu sagen, und über irgendwas Belangloses wie das Wetter zu reden. Ich streckte den Arm aus, langsam und vorsichtig, und erreichte den Spiegel, wo meine Finger meine Finger berührten. Ohne dass ich es fühlen konnte, ohne mich zu erreichen. War irgendwie traurig das Ganze.

Das Leer sein strengte mich an, und das am persönlichen Tiefpunkt Rumgammeln, und das Spielen mit dem Spiegelbild auch. Ich legte mich ins Bett, hoffte auf den Tod, und schlief mit dem Gedanken ein, dass alles viel leichter wäre, wenn ich weniger Angst vor mir hätte, dem Leben, meinen Mitmenschen, Spinnen, Käfern, grün blinkenden Ampeln, betrunkenen Männern, schönen Frauen, Nächten, schnell fahrenden Autos, Enge, Nähe in so ziemlich jeder Form, Prüfungen, Leere, sich schließenden Türen, sich öffnenden Türen, Bienen... ich erstelle gerne Listen. Beruhigt die Nerven.

Am nächsten Morgen erwachte ich mit etwas Flauschigem in meinen Armen, dass mich groß anschaute. Ich warf es auf den Boden und konnte mich nur mit Mühe davon abhalten, hysterisch darauf herum zu trampeln. Es war eine „ich tue dir nichts, hab mich ruhig lieb" Version meiner selbst. Wir hatten einen schlechten Start. Seither ist ein wenig Zeit vergangen. Und wir befinden uns mittlerweile an einem neuen verhängnisvollen Tag, der eigentlich auch schon wieder hinüber ist, und nur noch Erinnerung. Schließlich schreibe ich hier ja aus der „Ich-blicke zurück-Perspektive", damit das Gefühl entstehen kann, ich hätte irgendeinen Plan oder so was, wüsste bereits, wo es lang geht und wäre aus meiner eigenen Geschichte heil und nur ganz leicht angeknackst wieder herausgekommen…

3. Von Depressionen und bindungsgestörten Socken

Ego lat. Ich

Eines verhängnisvollen Morgens so um 13:30 Uhr erwachte ich ziemlich geknickt. Das Sandmännchen hatte in der Nacht voll die Sau raus gelassen. Es hatte den ganzen Sandsack in meine Augen gestreut, dann hatte es den Reservesand in seinen Hosentaschen zusammen geklaubt und auch noch den in meine Augen gekippt. Das nervte natürlich ordentlich, doch es war einer dieser Morgen, an denen man nicht klar sehen musste, um die unbequemen Dinge des Lebens überdeutlich vor Augen zu haben. Auf meinem Bett saß die graue Lady, unübersehbar durch den Schleier meiner Augen, und blickte erhaben und freundlich auf mich herab. Mit einem Sinn für Humor, der mir nicht besonders gefiel, sagte sie: „Depression meldet sich zum Dienst. Schlecht geschlafen? Du schaust beschissen aus!" Während sich ihr Lächeln vertiefte, fragte ich mich, ob es mir wohl gelingen konnte wieder einzuschlafen. Ich kniff die Augen so fest zusammen, dass ich den eingebildeten Sand in ihnen knirschen hörte. Nachdem der sich mit meiner Tränenflüssigkeit verbunden hatte, bekam ich sie dann fast nicht mehr auf. Was ich dringend musste weil meine kleine, begrenzte Welt bedenklich zu wackeln und zu wanken anfing. Depression sah vielleicht aus wie eine Lady, aber sie benahm sich fast nie so. Und als es mir endlich gelang, die Augen wieder zu öffnen, konnte ich sehen, wie sie auf meinem Bett herumsprang. Sie mochte es nicht besonders, wenn man sie ignorierte, das rächte sie fast immer.

Nachdem ich dringend einen Liter Kaffee und mindestens fünf Zigaretten rauchen musste, da ich durch das lange Schlafen schon im Rückstand war, begann ich nach meinem Ego zu suchen, denn aus Erfahrung wusste ich, dass es ein schlechtes Ende nehmen würde, wenn ich es zu lange mit der grauen Lady alleine ließ. Doch das war nicht so leicht zu finden. In Anbetracht der Tatsache, dass ich vorgehabt hatte, mehr schlecht als recht vom Schreiben zu leben, und nichts schrieb, und wenn doch, dann nichts zu Ende, war mein Ego in letzter Zeit auf handliche Handtaschengröße zusammengeschrumpft. Nur, ich hatte keine Handtasche, vielleicht sollte ich eine kaufen…

Mein Ego hatte in letzter Zeit die lästige Angewohnheit, sich an den unmöglichsten Orten vor mir zu verstecken. Immer wieder lief es mir davon. Ich hatte ihm schon mit der Leine gedroht, was die Sache im Nachhinein betrachtet nicht besser gemacht hatte. Also erhob ich mich mühsam, schwerfällig und mit leichter Trauermiene, um meiner Depression meinen Respekt zu bekunden, in der irrwitzigen Hoffnung sie milde zu stimmen, und startete meine Suche. Ich schaute unters Bett, in sämtliche Schreibtischschubladen, und - in einem spontanen Anfall von Panik - in der von gestern stehen gebliebenen Kaffeetasse, vielleicht hatte es sich ja ertränkt. Doch Ego war nicht in Sicht. Ein paar Mal rief ich nach ihm, doch wenig überraschend kam keine Antwort. Meine Depression erklärte mir pflichtbewusst, dass es schon 13:45 Uhr war und ich heute (Sonntag) noch nichts geleistet hatte, genauso wie am Tag davor, und das ich wohl der überflüssigste Mensch war, den es je gegeben hatte. Ich beschloss indes, mir erst mal Socken zu organisieren. Mit warmen Füßen war das Leben ein wenig leichter zu ertragen, entschied ich zu glauben. Naiv wie ich war, dachte ich, das Lösen des Problems mit den kalten Füßen würde mich aufmuntern. Tat es aber nicht, denn ich brauchte zehn Minuten um ein Paar Socken zu finden, das keine Löcher hatte und die, wenn man nicht genau hinsah, so aussahen, als würden sie zusammenpassen. Ganz plötzlich während ich ganz unelegant auf einem Bein hüpfend versuchte, in eine der Socken zu gelangen, überlief es mich kalt. Fasziniert und schockiert fragte ich mich, ob ich wohl Haare am Rücken hatte, denn ich hätte schwören können das sie aufrecht, stramm und salutierend von selbigem abstanden. Ich ahnte etwas. Etwas Böses.

Und plötzlich wurde mir klar, dass es still im Zimmer war, viel zu still. Ich drehte mich langsam um zur Depression in meinem Rücken und riss vor Schreck den Mund auf, um einen hysterischen Schrei auszustoßen. Die Depression hielt mein armes, kleines, auf flauschige Art verrücktes Ego in der Hand. Und streichelte es so, wie böse, kranke Männer, die die Weltherrschaft an sich reißen wollen, einen Globus streicheln würden. Um dem Ganzen die Krone aufzusetzen, lachte sie natürlich unbeherrscht und schrill. Meine Depression machte in der Regel keine halben Sachen. Ich beschloss erstens, meiner Depression eine Zigarre zu kaufen und zweitens mein Ego zu retten und drittens nach bedenklich langem Überlegen, mit Schritt zwei zu beginnen.

Als verantwortungsbewusste Erwachsene startete ich die Rettungsaktion natürlich erstmal mit einem erhobenen Zeigefinger, der in Richtung meines Egos pikste, während ich streng sagte „ Na, siehst du was passiert, wenn du wegläufst? Siehst du?" Mein Ego verdrehte die Augen, meine Depression blinzelte überrascht, weil sie mit einem Angriff gegen sich selbst gerechnet hatte. Und ich nutzte den Moment, um ihr mein Ego zu entreißen. Ich erlaubte mir ein kurzes, stolzes „Ha!", in Richtung Depression, zog mich schnell an, was nicht wirklich schnell war, da ich mein Ego dabei fest in der rechten Hand hielt und daher nur eine Hand frei hatte. Als das vollbracht war, stopfte ich mein sich wehrendes Ego in die Hosentasche, für die es dann doch ein wenig zu groß war, und eilte in die Küche, zur Kaffeemaschine. Als ich schon fast aus dem Zimmer draußen war, schielte ich kurz auf meine Hosentasche, und sah wie mein haariges, flauschiges, grünes und glubschäugiges Ego mit großen, runden Augen einen fast sehnsüchtigen Blick in Richtung Depression warf. Das ärgerte mich, daher knallte ich die Zimmertür zu, meine Depression war Gesundheitsfreak genug, um mir entweder gar nicht erst zu folgen, oder, falls doch, mit einem gewissen Abstand, wenn ich rauchte, einen großen Schluck

Kaffee kippte, oder mich betrank. Und tatsächlich hörte ich von der anderen Seite der Zimmertür, „Ich warte dann solang hier auf dich".

Während ich die glucksende Kaffeemaschine anfeuerte, fragte mich mein Ego aus der Hosentasche heraus: „Was sagt es eigentlich aus, dass ich klein, grün, und flauschig bin, mit großen, hübschen, traurigen Augen? Was glaubst du?"

„Keine Ahnung", antwortete ich auf die Kaffeemaschine fixiert. „Davon abgesehen rede ich nicht mehr mit dir, du liebäugelst mit dem Feind, ich hab's genau gesehen wie du zur Depression geschaut hast!"

Mein unbeirrbares Ego ließ sich nicht vom Thema abbringen, „Es sagt aus: Hab mich lieb, steck mich nicht in eine Hosentasche!", sprach mein Ego trotzig, und nach kurzer Pause „Sogar die Depression ist netter zu mir!" Ich goss mir eine Tasse Kaffee ein, tätschelte sie liebevoll und anerkennend, nahm mir eine Zigarette und setzte mich an den Küchentisch. „Ich sag ja nicht, dass du da nicht rauskommen darfst, nur bleib in meiner Nähe", antwortete ich ruhig und gelassen, nachdem ich meinen ersten Schluck Kaffee und einen tiefen Zug von der Zigarette genossen hatte.

Mein aus der Hosentasche in Richtung Tisch kletterndes Ego murmelte verärgert vor sich hin „Vielleicht sollte ich mir das Aussehen einer Kaffeemaschine zulegen". Da es gemurmelt hatte, konnte ich so tun, als hätte ich es nicht gehört, was ich auch tat. Fest entschlossen, mich nicht beim Frühstück stören zu lassen. Da kam mir plötzlich eine Idee. „Du, Ego, schau mal durchs Schlüsselloch, ob die Lady schon blasser wird." Da mein Ego gerade erst mit einiger Mühe auf den Tisch geklettert war, und sich eben hinsetzen wollte, sagte es gerade heraus „Nein". „Ach komm schon, du stehst eh noch, und du kannst besser durchs Schlüsselloch schauen als ich". Da verdrehte es zwar die Augen, gab aber schließlich nach. Nicht unpraktisch so ein kleines Ego. „Hmm, ich glaub' ein bisschen blasser ist sie vielleicht schon geworden" rief mir mein an der Türklinke baumelndes Ego zu. „Euch ist schon klar, dass ich euch hören kann", rief meine Depression aus dem Zimmer. „Ja" riefen Ego und ich zurück. Ich zündete mir eine zweite Zigarette an, beobachtete mein kletterndes Ego und verkündete „Rauchen hilft gegen Depressionen, vielleicht kann ich einen Psychiater davon überzeugen, mir ein Rezept für die nächste Schachtel auszustellen…". Mein Ego setzte seinen flauschigen Hintern seufzend auf der Tischplatte ab und antwortet „Schon mal auf die Idee gekommen, dass es nicht die Zigarette ist, die hilft, sondern die Tatsache, dass du sie genießt?"

„Ist doch eh das Gleiche" brummte ich, und inhalierte noch mal ganz tief und cool, um dann mit verkniffenem, rotem Gesicht zu versuchen, nicht wie wild drauf los zu husten.

Mein Ego kicherte, weil es genau wusste, was los war „Nun huste schon!". Ich hustete. „Na, und war das jetzt so schwer? Es gibt Leute, die wagen ganz im Ernst zu behaupten es mache durchaus Sinn, hin und wieder auf sich selbst zu hören", erklärte mir mein Ego mit ungewohntem Ernst in der Stimme. Ich schloss langsam die Augen und schnarchte ganz laut und falsch, um meinem Ego zu demonstrieren, welche Wirkung sein Gerede auf mich hatte. Das hielt mein Ego aber leider nicht davon ab, weiter zu reden „Im Ernst, du hast Probleme, sei eine brave Erwachsene, hör auf mich, also auf dich, und stell dich ihnen!"

„Na, wenn du drauf bestehst" sagte ich in einem spontanen Anfall von überfließendem Wahnsinn, stand auf und ging in den Flur, holte dort meinen großen, für depressive Augen hässlich bunten Regenschirm, und ging mit ihm zurück in mein Zimmer zur Depression. „Was soll das" fragte mein Ego hinter mir, „Was hast du mit dem Regenschirm vor" fragte die Depression vor mir. „Kämpfen" zischte ich, „Schwerter und weiße Rösser sind mir leider ausgegangen". In einem spontanen Anfall von Genialität öffnete ich die Sockenschublade, holte den einen Handschuh, der mir noch geblieben war, und warf ihn der Depression zu Füßen. „Kämpfen willst du also, von Mensch zu

Depression!", lachte meine Depression, während sie wuchs und wuchs und wuchs und dann mit einem „Aua" damit aufhörte, weil sie mit dem Kopf an die Zimmerdecke knallte. „Ich glaub' nicht, dass ich das so gemeint hatte" jammerte mein Ego hinter mir. Da meine Depression nicht mehr in die Höhe wachsen konnte, wuchs sie einfach in die Breite, füllte nach und nach das Zimmer aus. Mein Ego quetschte sich freiwillig in meine Hosentasche, und als die Depression schon so nah war, dass ich das akute Bedürfnis hatte, mich ins Bett zu legen und mindestens eine Woche nicht zu duschen, öffnete ich mit letzter Kraft den Regenschirm und entschied mich für den geordneten Rückzug, während ich meine Depression mit Regenschirm und Worten wie „Ich geh jetzt ganz viel rauchen, und Bier trinken, im Garten, in der Sonne" davon abhielt, mir zu folgen.

„Scheiße noch mal" japste ich im Garten angekommen, und ließ mich auf den mir am nächsten Stuhl plumpsen. „Du warst gar nicht so schlecht", versuchte mein Ego, mich aufzumuntern, das schon wieder am Klettern war, dieses Mal von der Hosentasche aus in Richtung linke Schulter. Etwas umständlich fand ich, weil es sich in der rechten Hosentasche befand, aber so war mein Ego nun mal. Als ich auf seine Worte nicht reagierte, redete es natürlich einfach weiter. „Ich meine ok, sie war groß und beängstigend, aber ist dir eigentlich aufgefallen, dass sie viel blasser war? Ich glaub sie ist wirklich schwächer geworden, deshalb wollte sie dich einschüchtern. Ach, und wo wir schon dabei sind, warum schreibst du eigentlich nicht? Du musst wieder was tun, dann geht's dir besser!"

Aus dem Fenster über uns brüllte die Depression wie immer pflichtbewusst: „Weil sie nicht kann! Sie ist nicht gut genug! Und zu allem anderen ist sie auch nicht brauchbar, sie hat ja nicht mal die Schule fertig gemacht! Und alle tun so verständnisvoll, weil sie eine scheiß Kindheit hatte, als ob die nicht jeder hätte! Eine schöne Kindheit, dass ich nicht lache, das ist doch nur eine RTL-Erfindung. Sie ist einfach dumm und faul. Davon abgesehen können ja nicht mal gute Schriftsteller vom Schreiben leben. Also ist die ganze Idee sowieso durch und durch bescheuert."

„Ich glaub sie wird wieder stärker", sagte ich zu meinem Ego, und dann passiere etwas ganz Erstaunliches: Mein Ego wurde größer, nicht weil es wuchs, sondern weil es sich aufplusterte. Seine grünen, dichten Haare standen noch ein wenig wilder ab, und seine großen Augen wurden noch ein bisschen größer, als es der Depression entgegenrief: „Sie versucht wenigstens etwas zu tun, woran sie glaubt, auch wenn es nicht leicht ist, unrealistisch und alles in allem ein fragwürdiges Unterfangen." Etwas leiser sagte es dann zu mir „Du könntest aber auch putzen gehen, ich finde darin bist du ziemlich gut, und man braucht auch keine Ausbildung dafür. Ich mein nur so als Plan B, oder nebenher, das würde mich ein bisschen aufpäppeln; alles ist schließlich besser als Sozialhilfe". Ich schaute mein Ego an, mit runterhängender Kinnlade, vor lauter Staunen. „Du hast mich verteidigt", sagte ich perplex. Mein Ego grinste breit „Weißt du eigentlich, wie unattraktiv das aussieht?" Ich schloss meinen Mund wieder und grinste ebenfalls. Das schien meine Depression zu stören, denn sie steckte den Kopf aus dem Fenster und verkündete: „Ich habe da eine Theorie zum Thema Kindheit, wollt ihr sie hören?" Schicksalsergeben und noch immer grinsend riefen mein Ego und ich, so unmotiviert wie wir nur konnten „Ja". Meine Depression störte das überhaupt nicht, und sie legte los: „Also vor langer, langer Zeit gab es einen Menschen, der war klug und voller unbegründetem Mitgefühl für seine nervigen Mitmenschen, und der erkannte eines: Menschen waren ganz oft nicht wirklich nett zueinander, und erst recht nicht zu Versagern, und deshalb erfand er die beschissene Kindheit, und auch gleich die Regel, dass man zu Menschen mit beschissener Kindheit nett zu sein hatte, denn sie hatten einen guten Grund verkorkste, kleine Versager zu sein. Der Mann ist mittlerweile kaputt, aber die doofe Regel wurde von Generation zu Gene...." - an dieser Stelle unterbrach mein Ego diesen nicht gerade spannenden Vortrag um mich darauf hinzuweisen, dass ich die Frage nach dem Schreiben nicht beantwortet hatte.

„Sie hat Recht" sagte ich zu meinem Ego. „Natürlich nicht mit dieser Theorie, aber mit dem Schreiben, ich bin nicht gut genug, und ich glaube an gar nichts mehr. Daher kann ich auch nichts mehr tun, woran ich glaube. Was kann eine Geschichte schon ändern?"

„Aber das bist du!", protestierte mein Ego, „es ist nicht irgendeine Geschichte, es ist deine. Du hast selbst gesagt, manchmal passiert etwas mit einem, man ist vielleicht zu klein und zu schwach, um sich zu wehren oder wegzurennen, und stellt sich so Fragen nach der Seele, wo sie ist, wie man sie in sich finden kann, und ob man sie vielleicht wieder zusammenkleben kann mit dem Super-Super-Superkleber, mit dem man eigentlich nicht spielen darf. Doch dann wird man größer, stärker, erwachsener und man nimmt sich diese Geschichte und arbeitet mit ihr. Man dreht den Spieß um, sodass es die Geschichte ist, mit der etwas passiert. Du hast gesagt, aus großem Leid entsteht große

Verantwortung. Entweder das oder der Schmerz wird sinnlos und existiert nur mehr, damit man „Aua" sagen kann. Du musst dich dem stellen…" ab da hörte ich mein Ego nicht mehr, den ich steckte mir die Finger in die Ohren und sang möglichst laut „LAA LA LALA LA LA". Damit nervte ich mich selbst ein bisschen; meine LAA LA LALA LAs waren nicht sehr melodisch und die Vorstellung, dass mich vielleicht ein Nachbar mit Fingern in den Ohren singen hören könnte, veranlasste mich dazu, bald wieder damit aufzuhören. Als leidenschaftliche und ausdauernde Verrückte legte ich, wie das manch Verrücktem eben passiert, gesteigerten Wert darauf, meiner Personen einen faden Anstrich von Normalität zu geben. Als ich die Augen wieder öffnete, stellte ich fest, dass mein Ego noch da war, anstatt wegzulaufen. Und auch die graue Lady hatte sich zu uns gesellt; sie saß in einem Stuhl mir schräg gegenüber,mit einer überdimensional großen Tüte Popcorn und einer Flasche Cola und fragte: „Wann geht die Show weiter?"

Ich blickte auf mein Ego, das sich auf meinem Schoß eingemummelt hatte und mich mit halb geöffneten Augen träge und wartend anschaute. „Das Leben ist schon deprimierend und ernst genug", sagte ich „Ich wollte nie etwas Ernstes, etwas über die Schattenseiten des Lebens schreiben, sondern die Leute vielleicht für ein paar Stunden den Alltag und die Sorgen vergessen lassen. So wie das Lesen mir geholfen hat, die Sorgen manchmal zu vergessen, und mich dadurch davon abgehalten hat mir mit einem großen Hammer selbst den Kopf einzuschlagen. Ich denke mir, Realität gibt es eh schon mehr als genug, die Welt ist vollgestopft damit, das Tolle am Schreiben ist doch, dass man aus ihr mehr machen und herausholen kann, als vielleicht da ist, oder war. Das mit der eigenen Geschichte kam erst später. Und ich frage mich, was ich, oder sonst jemand davon hätte, wenn ich es aufschreiben würde. Ich habe nichts aus ihr gelernt."Ich konnte spüren, wie mein Gesicht rot und heiß wurde bei diesen Worten; ich fand es albern, dass ein nachdenklicher, ernster Mensch wie ich unbedingt etwas Unterhaltsames, Nettes schreiben wollte.

„Die Welt ist genau so ernst, wie du sie machst", sagte mein Ego kurz und bündig. „Hör auf mit dem Herumphilosophieren!", antwortete ich frustriert. Mein Ego verdrehte genervt die Augen. „Dann schreib' halt deine eigene Geschichte auf lustige Art", woraufhin ich genervt die Augen verdrehte. „Meine Geschichte ist genauso wenig lustig wie ich. Es wäre bizarr und grotesk sie auf lustig zu schreiben!" So kamen wir nicht weiter, und wir wussten es. Mein Ego sagte noch trotzig „Du musst dich deinen Problemen stellen, mir egal wie, nur fang endlich an!" Dann schwieg es, und ich schwieg auch, während die Depression selbstvergessen mit ihren Vorderzähnen ein Popcorn zermalmte, als wäre sie ein Eichhörnchen. Ich begann gerade damit im Geiste meine Problemliste hinunter zu scrollen, auf der Suche nach einem Problem mit Schwierigkeitsstufe 1, also für Anfänger in Sachen Problemlösung, als meine Depression mich unterbrach.

„Vielleicht verkauft sich grotesk und bizarr ja ganz gut." Dann fluchte sie kurz und aß mit verärgerter Miene ihr Popcorn weiter. Sie hatte aus Versehen etwas Konstruktives gesagt, das mich vielleicht sogar zu etwas ermutigen hätte können. In einer nicht existierenden Prüfungskommission für angehende Depressionen wäre sie da glatt durchgefallen. Bei so einem Fehler wäre sie, wenn überhaupt, nur eine leichte depressive Verstimmung geworden. Vielleicht hätte sie einen kleinen Trostpunkt für ihre interessante Einschätzung des Leseverhaltens von Menschen bekommen, aber mehr nicht. Da meine Depression dankenswerterweise aufgrund von Selbstzweifeln den Mund hielt, begann ich erneut meine Hitliste der Probleme durchzugehen, in der festen Absicht, ein so unbedeutendes zu finden, das mein mir selbst eingeredetes Scheitern nicht weiter stören würde. Tatsächlich hatte ich gerade ein besonders banales Problem erblickt und war dabei, ihm höflich die Hand zu schütteln, es konnte ja nichts dafür, dass es ein Problem war, und sich einander vorzustellen war immer ein guter Anfang. Und zugegeben ein fieser Trick, das Problem glauben zu lassen, ich sei ein harmloses, braves Menschlein, das ganz und gar nicht vorhatte, es zu beseitigen. Plötzlich durchfuhr mich ein Geistesblitz.

Ich spürte einen hellen Funken tief in den Windungen meines chronisch über sämtliche Umwege laufenden Hirns. Doch noch bevor mein so belebtes Gehirn zu fassen bekam, worum es eigentlich ging, fragte mich mein vermutlich gelangweiltes Ego: „Und, schon am Problemlösen?". Noch immer spürte ich, dass da was im Gange war. Mein Hirn, das vermutlich gerade auf irgendeinem Trampelpfad jenseits jeglicher Logik lief, flüsterte mir zu „Verbind das Banale mit dem großen grauen Problem, denk an den Regenschirm…". „Aha", dachte ich mir, während mein Ego mich neugierig und großäugig anschaute. „Mein Hirn spricht zu mir, und zwar in Rätseln" erklärte ich ihm. „Und was sagt es?", fragte mich mein Ego, und hatte dabei noch nicht einmal den Anstand überrascht auszusehen. „Ich glaub, ich bin auf dem richtigen Weg, ich werde mich wohl um das Sockenproblem kümmern." Da sah mein Ego dann doch überrascht aus und - was nicht gerade oft vorkam - auch verärgert. Es kniff seine überdimensional großen Augen fest zusammen und begann zu schimpfen „Also zur Auswahl stehen eine Glaubenskrise, eine ausgewachsene Depression, eine Schreibblockade, chronische Arbeitslosigkeit und eine dunkle Vergangenheit, die Fragen aufwirft, die sich kein braves Mädchen vom Lande je stellen sollte, um nur ein paar wenige zu nennen... Und du entscheidest dich für das Sockenproblem!?" Ich setzte meine ernste Denkermiene auf, die ich speziell für mich und mein ernstes Leben und alle Zweifler entworfen hatte. Mein Ego kannte das natürlich, und ließ sich davon genauso wenig beindrucken wie mein Leben, daher unterstrich ich meine Denkermiene damit, dass ich meine seriöse, hässliche Brille aufsetzte und die zugegebener weise wenig überzeugenden Worte sprach: „Ich glaub die Idee ist nicht ganz so dumm wie sie im ersten Moment scheint." „Ok, und wie gedenkst du dieses gewichtige Problem anzugehen?", fragte mein noch immer zweifelndes Ego. „Wie ich alle Probleme seit jeher angegangen bin!", antwortete ich ein wenig selbstbewusster als ich mich fühlte, und wohl auch einen Hauch zu heroisch. „Lass mich raten, du kaufst dir ein Buch über Socken?" „Nein", grummelte ich verärgert, weil die Idee tatsächlich ein paar Sekunden im Raum gestanden hatte, und mir ganz und gar nicht gefiel, was das möglicherweise über mich aussagte.

„Du analysierst das Problem bis zur Unkenntlichkeit, um dann verkünden zu können, es war einmal ein Problem, was es jetzt ist, keine Ahnung, wer kann das schon wissen, eines der vielen Rätsel eines Lebens…!? Als ob es weniger existieren würde, wenn man es nur nicht mehr als Problem identifizieren kann." Kurz schoss mir der Gedanke durch den Kopf, dass ich ganz dringend wen zum Reden brauchte, der nicht Ich war. Ein verständnisvolles Nicken, das sagte, keinen Plan wovon du redest, aber ich bin bei dir, wäre jetzt ganz nett gewesen. Jemand Vernünftiges mit normal proportionierten Augen, und Kleidung statt Fell, den ich betrügen konnte. Und mich gleich mit. Es war unglaublich schwierig, sich selbst auszuweichen, wenn man sich selbst flauschig, grün sah. Ob andere auch so viel Energie darauf verwendeten, sich selbst auszutricksen? Ich hatte mir die Angst vor mir selbst nehmen wollen, und jetzt wurde ich mich nicht mehr los… wie hätte ich ahnen können, dass ich mir so auf die Pelle rücken würde, auf nervige, großäugige Weise. „Gib's zu, du fängst an, mich zu mögen, du hast diesen leicht panischen Blick, der sagt „ich hab dich gern, und kann so was von gar nicht damit umgehen.." „Stimmt gar nicht, das ist meine natürliche Reaktion auf jede Art von Problem: panischer Blick, zitternde Hände, und der irritierende Impuls mir eine Stricknadel ins Bein zu rammen, und jetzt hör auf zu stören, ich schreibe gerade an einer Rede für meine Socken". Ich konnte spüren wie mein Blick leer wurde und unbeweglich. Das passierte mir, wenn ich angestrengt nachdachte und versuchte, das, was sich in mir regte, Bilder, Menschen, Geschichten, klarer zu sehen als das, was mich umgab. Diesen Blick hatte ich meistens beim Schreiben; üblicherweise hielt ich dabei wenigstens anstandshalber einen Stift in der Hand und hatte einen Block auf dem Schoß, damit auch ja kein Außenstehender auf die irrsinnige Idee kommen könnte. Mein Lebensinhalt bestand daraus, Löcher in den Himmel, Wände, Gläser, Gesichter oder wo mein Blick sonst gerade landete, zu starren. Allerdings hatte ich diesen Blick auch, wenn in mir Filme rannten aus alter Zeit, und ich dabei war, in meine eigene Vergangenheit zu fallen. Deshalb hatte ich zu diesem Blick ein recht verkorkstes Verhältnis. Und gerade heute war so ein Tag, an dem ich es nicht gut aushielt zu fühlen, wie er sich langsam in meinem Gesicht ausbreitete. Daher richtete ich meinen Blick wieder auf meine aufgepeppte Wirklichkeit, das Außen, und verkündete: „Ach wer braucht schon eine Rede, ich werde einfach improvisieren, los mitkommen, alle beide". „Müssen wir uns

Sorgen um sie machen?", fragte meine sich langsam erhebende Depression mein Ego, das dann wiederum mich fragte „Ähm, was hast du denn nun vor mit deinen Socken?" „Na, sie davon überzeugen, dass es absolut ok ist, eine Bindung einzugehen, was sonst? Sie wurden schließlich nicht dazu erschaffen einzeln aufzutreten, sondern zu zweit. Ganz klarer Fall von Bindungsstörung." Darauf erwiderte mein Ego „Weißt du, ich hab ja nichts gegen eine hübsche Projektion von Zeit zu Zeit, aber wenn du dich schon in deine Socken projizierst, um sie dann zu heilen, könnte das ein Grund zur Sorge sein…" „Och, ich würde sagen, die Wege zur Heilung sind unergründlich." Das Ego auf meiner Schulter kam so nah an mein Ohr, dass seine Haare mich kitzelten, und flüsterte „Ok, was hast du wirklich vor, da steckt doch mehr dahinter, bitte sag mir, dass da mehr dahinter steckt." „Ich nutze meine mir Gott gegebenen Fähigkeiten", flüsterte ich zurück. „Ich bin mir nicht sicher, ob man Wahnsinn als Fähigkeit einstufen kann… und warum redest du so bescheuert?" „Es gibt

Leute die haben eine Liste mit Dingen, die sie vor ihrem Tod machen wollen. Ich habe eine Liste mit Sätzen, die ich mindestens einmal in meinem Leben gesagt haben möchte, wie zum Beispiel „Sein oder sein?" oder „Wenn du erlaubst werde ich dich lieben bis ich zu Staub zerfalle." Siehst du, schon drei weniger, geht doch was weiter in meinem Leben. Und was ich vorhabe, ist so banal, so ungewöhnlich, du solltest dich vielleicht erstmal setzen, bevor ich es dir sage, sitzt du? Gut, ich habe vor Spaß zu haben". „Schock, schwere Not!" Röchelte mein Ego melodramatisch. „Ich wusste gar nicht, dass du das Wort überhaupt kennst. Deine Idee von Spaß ist so fragwürdig, verkorkst, da mach ich doch glatt mit. Wenn du erlaubst, werde ich allen Gefahren und gestörten Socken zum Trotz dein Co-Therapeut sein. Und weil es mal gesagt werden muss, tief in dir, von dort wo ich herkomme, bist du total verkitscht. Also echt, bis ich zu Staub zerfalle!?" Mein Ego sah hinter mich und versicherte mir, dass die Lady nichts von unserer kleinen Unterhaltung mitbekommen hatte. Doch ich war mir da weniger sicher und ging schnell ins Schlafzimmer zur Sockenschublade, leicht verkrampft und nervös vom Lampenfieber, und damit rechnend, das meine Depression dazwischenfunken würde, öffnete ich die Sockenschublade. In Holz gerahmtes Chaos schlug mir entgegen, nicht unfreundlich lag es vor mir, schien zufrieden mit seinem Daseinszustand, nur auf meine Worte zu warten, da diese nichts ändern konnten. In meinem Schädel brannte das Wort *Spaß* in kreischend, hellen Farben, damit ich nicht vergessen würde, warum ich hier war. Doch ich hatte Zweifel, dass mich zum Affen zu machen mein Leben ändern konnte. Mein Ego spürte das wohl und sagte „Wie wäre es denn mit Kino, einem netten Buch, einer Runde Mensch-ärgere-dich…". „Klingt das denn für dich nach Spaß!? Ich bin zu depressiv für alltagstaugliche Lösungen, drastische Situationen erfordern drastische Taten, begangen von drastischen Menschen", sagte ich entschieden, um dann erneut in zögerliches Schweigen zu verfallen.

Mein Co-Therapeut, sprich Ego, sprang für mich, in die Presche und machte den Anfang. „Also, servus liebe Socken, ich bin der Herr Ego, die Dame neben mir ist die Frau L. und schräg hinter ihr, das ist ihre Depression, die graue Lady. Wir haben uns heute hier versammelt, um euch aus erdachter Einsamkeit zu erretten, in der ihr sicher nur lebt, weil ihr es nicht besser wisst. Und die ihr, da bin ich ganz sicher, fühlen würdet, wenn ihr fühlen könntet. Eines sage ich euch jetzt und hier, nicht einer von euch wurde erschaffen, um alleine sein Dasein zu fristen. Nicht einer! Nein, auch du nicht, Rudi! Für jeden von euch gibt es den einen oder die eine, mit der ihr glücklich, alt und löchrig werden könnt. Also warum weigert ihr euch zusammen zu bleiben? Angst vor Nähe? Unfähig zu vertrauen? Oder ist es die Sache mit der Gleichheit, ihr habt selbst Streifen und Punkte, und wollt deshalb unbedingt einen einfarbigen Partner? Nun sprecht doch!" Eine lange Rede für mein kleines Ego, ich hatte währenddessen eifrig gekichert, teils aus Belustigung, teils aus Verlegenheit.

Und manchmal auch, um ihn zu ermutigen, fortzufahren. Denn sobald er schwieg, war ich an der Reihe, das wusste ich. Wir stellten beide erfreut fest, dass die Socken nicht antworteten, an Tagen wie diesen konnte man sich da leider nicht ganz sicher sein. Ich holte tief Luft, bereit gute Gründe vom Stapel zu lassen, für den Mut zum Miteinander in unsicheren Zeiten. Fest entschlossen die Liebe zum Wagnis zu machen, und jede liebende Socke zum Helden in düsteren Zeiten. Doch alle in heroischem Rosa gefärbten Szenarien blieben mir im Halse stecken, als meine Depression mir einen Arm um die Schulter legte und fragte: „Ihr versucht da doch nicht etwa Spaß zu haben". „Ach i wo, wo denkst du hin. Ich bin nur ein tapferes Menschlein, mit sozialem Gewissen, unfähig vor dem Leid anderer die Augen zu verschließen. Schau sie dir doch an, wie verloren sie daliegen" während mein Ego vor sich hin prustete, schob ich die graue Lady in Richtung Sockenschublade, damit sie auch sah, wovon ich sprach „Sieh sie dir an und sag mir, dass sie dir nicht zu Herzen gehen" forderte ich. „Es sind Socken" stellte meine Depression ihrer Art entsprechend trocken fest. „Davon abgesehen bin ich nicht dumm, ihr versucht Spaß zu haben, ihr versucht, mich loszuwerden. Das ist nicht fair, war ich nicht gut zu dir, habe ich dich nicht treu und verlässlich in meinen starken Armen gehalten als es sonst nichts und niemand tat!? Du kennst mich, du vertraust mir. Erinnere ich dich nicht immer wieder daran, dass das Leben, die Menschen, die Welt und du selbst schwach und grau sind. Damit du nicht enttäuscht wirst, keiner Illusion von Glück verfällst, das ja doch keinen Bestand hat und zerbricht, sobald du versuchst es zu berühren. Ich meine verdammt, ich tue hier, was ich kann, und du willst mich einfach abschieben. Nur wegen diesem grünen Emporkömmling, der da aus dir herausgewachsen ist, und glaubt, du könntest dich ändern?" Sie blinzelte und funkelte böse in Richtung meines Egos, das sich prompt aufplusterte und ihr die erschreckend lange Zunge entgegenstreckte. Ich sagte die Worte die gesagt werden mussten, für mich, die graue Lady und Ego: „Ich möchte, dass du gehst". Und das war der Moment, in dem ich fühlte, ich wollte es wirklich. Trotz der Sicherheit, die sie mir versprach, kannte ich sie doch besser als jedes Glück und alle Farben dieser Welt, wollte ich, dass sie ging. Wollte dazu fähig sein, vertrautes Leid einzutauschen gegen fragwürdiges Glück. Ich wollte mich wieder den Socken zuwenden, voller neuem Elan in die nächste Albernheit rennen, doch sie ging schon, langsam und schmollend, mit den Worten „Ich komme wieder".

„Gott, ich glaub sie fehlt mir schon jetzt ein klein wenig, ist sie nicht entzückend, wenn sie schmollt?"

„Ja, ich glaub mir auch, wie ein Stein im Schuh, das vertraute, verlässliche Piksen fehlt einfach" sagte ich und sah mein Ego fragend an. „Und was kommt jetzt?", fragte ich mich auf den Weg in die Küche machend, um nach dem ganzen Stress erstmal einen Kaffee zu genießen. „Eine Freundin von mir, die du kennenlernen solltest, sie ist ein bisschen schwierig, aber wenn du ihr eine

Chance gibst, könntest du sie mögen, und sie dich."

Da ich nicht wirklich mit einer Antwort gerechnet hatte, war ich überrascht und besorgt „Wer ist es denn?", wollte ich wissen.

„Du", stellte mein Ego mit ernst gewordenen Augen fest. Die mir wohl sagen sollten, „wichtige Sache, habe einen total guten Grund ungefragt, dich zu dir einzuladen.

4. Von Helga, der schuppigen Wut

Ok, ich war beleidigt, und zwar so richtig und ganz, und überhaupt. Grenze überschritten, aber so was von, so eine war ich also, kaum gab ich mir den kleinen Finger, da wurde auch schon an meinem ganzen Arm gezerrt, mit dem ganz sicher fiesen Plan, ihn mir abzureißen. Und da glauben die Leute immer ich wäre nett. Stimmt gar nicht, in mir drin bin ich ein kleiner, grüner Fiesling.

„Und du glaubst, das ist gesund, mich mit noch mehr von mir zu konfrontieren, einfach so, ohne mich vorher zu fragen? Davon abgesehen, du bist doch schon da, damit ich mich kennenlerne, reicht das nicht? Ich meine, wie viele kommen da denn jetzt noch?"

„Na ja so viele wie notwendig sind, denk ich mal. Und ich bin eigentlich nur der Teil deiner selbst, der dir am wenigsten Angst macht, der Teil, den du mögen könntest, und dem du auch vertraust, selbst wenn du es jetzt noch nicht weißt. Und wegen all dieser Fähigkeiten bin ich quasi dein Reiseführer und Begleiter. Ich führe dich, durch das

Schlamassel, das du dein Dasein nennst zu dir selbst zurück. So schaut's aus, das wäre der Plan" erwiderte Ego, um dann nachzusetzen „Also streng genommen ist es ja dein Plan, was du nicht vergessen solltest, falls du mit dem Gedanken spielst mich jetzt anzuschreien."

„Ich werde doch nicht schreien", entgegnete ich irritiert „Genervt bin ich schon, aber doch nicht so."

„Du bist nicht wütend?"

„Na, vielleicht ein bisschen, ich hätte mich ja schon fragen können, bevor ich mich mit mir überhäufe, findest du nicht auch? Aber warum ist das jetzt wichtig?"

„Wann hast du denn das letzte Mal geschrien?"

„Kann mich nicht mehr erinnern, was soll denn das jetzt?", fragte ich.

„Möglicherweise stecken wir in größeren Schwierigkeiten, als ich dachte, willst du nicht wenigstens versuchen mich anzuschreien?"

„Nö, nicht so, viel zu anstrengend bei diesem Hitzewetter."

„Also wenn mir der Gedanke kommt, dass du mich vielleicht anschreien möchtest, heißt das, das Wut in dir sein muss, du weißt schon, weil wir ja verbunden sind, also eigentlich sogar eins. Und du fühlst gerade keine Wut?"

„Hmm, eher nicht" entgegnete ich mit gleichmäßig und sanft ansteigender Unsicherheit und Sorge.

„Ok, das testen wir jetzt einfach, öffne doch bitte deine Schlafzimmertür und begrüße unseren Gast". „Darf ich vorher noch einen Kaffee trinken?"

„Nein".

„Mano" sagte ich eingeschnappt, ich war eben erst in der Küche angekommen.

Mein Genervtheitspegel stieg noch um eine weitere Stufe; ich mochte es nicht, wenn mir jemand sagte, was ich tun sollte, und war auch kein Fan von Gästen, hatte immer das komische Gefühl, sie in mich hinein zu bitten, als könnte ich nicht begreifen, dass ich nicht meine Wohnung bin, sondern nur drin wohne, das einzig Gute war, dass 95 % der Gäste, die einen im Laufe eines Lebens so heimsuchen konnten, durchaus eine starke Tendenz hatten auch wieder zu verschwinden. Es war sozusagen eine herausstechende Eigenschaft von Gästen, nur leider gab es da auch noch weitere 5 %, die das nicht zu wissen schienen oder nicht wissen wollten. Da ich selbst eine von denen war, hoffte ich, dass mich nicht ein Teil meiner selbst heimsuchte der gerade nichts in sich oder seinem Leben hatte, das sich wie ein Zuhause anfühlte. Kurz überlegte ich, mich zu weigern ins Zimmer zu schauen. Aber mal abgesehen von einer nagenden, knabbernden Angst, die mir fast schon zärtlich aufdringlich im Nacken saß, gab es da auch noch eine eifrig zerrende Neugier, die mein Herz in festem Griff zu halten schien, während sie zog. So, dass das Gefühl entstehen konnte, dass mein Herz schon den Türgriff in der Hand hielt, während ich noch zögerlich dahinter stand. Und ängstlich guckte, auf mein ungewohnt neugierig vor sich hinschlagendes und handelndes Herz. Nicht mal auf Herzen war Verlass, nicht mal auf das eigene. Das Gute daran: Vielleicht war ich im Grund meines Herzens ja gar nicht der Feigling, für den ich mich hielt. Jedenfalls öffnete ich die Tür, dem Beispiel meines Herzens folgend, etwas zu spontan, selbstsicher. Was sich natürlich sofort rächte: Um mich am Boden der Tatsachen zu halten schlug mein Herz um sich, wild und schnell. Die Angst hatte sich zielstrebig auf den Weg gemacht, war vom Nacken direkt in Richtung Herz gekrochen, und saß da nun fett und mächtig. Als wollte sie klar machen wer und was hier meinen Weg, mein Leben bestimmte. Aber irgendwie störte mich das Ganze. Ich bin nämlich der Meinung, dass ich die Einzige sein sollte, die mein Herz an die Leine legt, was ich zugegeben auch leidenschaftlich zwanghaft tat. Daher ja auch die Überraschung, dass es so eigenmächtig nach der Tür gegriffen hatte. Immer wenn es so naiv, doof einfach auf etwas oder jemanden zu rennen wollte, spielte ich ganz brav die Erfahrene, Misstrauische, und sagte: Aus. Böses Herz! Zog ein bisschen an der Leine, und ließ es Platz machen. Super Methode, um total zu vereinsamen, falls jemand diesen interessanten Zustand noch nicht erlebt haben sollte. Nur leider voll schwer zum wieder Umgewöhnen, da braucht man dann viele Leckerli! Aber die blöde, fette Angst durfte das nicht so einfach. Mein Herz auf seinen Platz verweisen. Daher krallte ich mich tapfer am Türgriff fest, um nicht umzufallen und blickte weiter auf das Bild, das sich mir bot. Was sich zirka so anfühlte, als würde ich versuchen, mit den Augäpfeln einen Schweizer Käse einen Berg hinaufzurollen. Tat ein bisschen weh das Ganze und war saumäßig anstrengend, sodass ich im Sekundentakt dachte „scheiß auf den Käse, Zuckerwatte ohne Zucker bringt's auch". Offensichtlich hatte die Angst auch meinem Hirn schon die Hand gereicht. Sonst wäre mir, so hoffe ich zumindest, die Idee gekommen, dass ich vielleicht überhaupt nichts mit meinen Augen irgendwo hinaufrollen sollte. Oder aber mein Hirn war ein echter Freund und Helfer, ließ sich nicht so einfach von der Angst ins Bockshorn jagen, sondern fütterte mich eifrig mit bizarren Bildern, um mich von dem abzulenken, was vor mir am Zimmerboden saß. Und das war kein Käse, sondern ein Kind. Und ganz offensichtlich ein sehr Verstörtes. Im Ernst so richtig, richtig. Nicht so auf eine „ach dann bin ich heute mal ein bisschen verstört"- Art. Es war damit beschäftigt sich aufzufuttern. Jedenfalls biss es sich ganz schön fest in die Hand, während die andere Hand dabei war, eifrig Haare auszurupfen. Aber das wirklich Unheimliche war der Blick des Kindes, er war nicht vorhanden oder besser gesagt, leer. Total leer. Als wäre der Geist, die Seele, was auch immer, weg. Davongerannt oder vielleicht einfach nur auf Urlaub.

Wäre mir ein gammliges Skelett in Umhang und mit Sichel in der Hand entgegengekommen, um zu sagen „Mitkommen, aber zackig", um dann auf eine abgelaufene Sanduhr zu zeigen, es hätte mich nicht so in Angst versetzen können, wie dieses Kind. Dabei sah es zugegeben nicht gerade sehr bedrohlich aus, dafür aber die Frage, die hinter ihm stand, eingehüllt in dämmrig, schweres Licht. „Was tun?". Ich wollte etwas tun, helfen, handeln. Aber wie? Und, gerade als meine Hilflosigkeit dabei war mich niederzutrampeln, flackerte das Kind und verschwand. Während die brave Türklinke weiterhin verhinderte, dass ich aus den Latschen kippte, drehte ich mich zu Ego um und sagte leise und ohne jede Wut: „Du Arsch!"

Ego war begeistert: „Echt jetzt?"

„Nein, ich bin zu geschockt, um wütend zu sein. Da war ein Kind, aber es ist wieder verschwunden", erwiderte ich.

„Kluges Mädchen" sagt Ego leise. „Aber sie wird wiederkommen, sobald hier wieder Platz für sie ist, und du bereit für sie. Vorher musst du wohl noch lernen, etwas besser mit gewissen Gefühlen umzugehen oder sie überhaupt erst einmal zuzulassen".

„Kein Platz? Welche Gefühle? Könntest du mir einfach mal sagen, was los ist?".

„Nicht so schnell, ich finde es sinnvoller, wenn ich deine Angst ganz langsam steigere, wir wollen ja nicht, dass du einen Herzinfarkt bekommst. So kannst du dich langsam an die Bedrohung durch dich selbst gewöhnen. Also eine Frage: Was glaubst du, passiert mit Gefühlen, die man einfach ignoriert, verdrängt oder abspaltet?"

Das mit der Angststeigerung funktionierte super, meine innere Alarmanlage, die sich gerade erst wieder eingekriegt hatte, fing noch leise und unmotiviert an zu klingen und das Licht sprang von Dunkelgrün auf Orange. Ich versuchte die leicht verzwickte Stimmung mit einem miesen Scherz aufzulockern „Man muss sich nicht mehr damit rumplagen?".

„Falsch, sie entwickeln ein Eigenleben, du hast die Tür hinter der Wut zugeschlagen und so wie ich dich kenne auch noch „Ätsch" gesagt… ist dir nie der Gedanke gekommen, dass die Wut ihrerseits die Tür wieder aufreißen könnte".

„Na und? Davon abgesehen, abspalten ist nichts, was man absichtlich tut. Ich bin schließlich nicht an einem faden Sonntag rumgesessen und hab mir gedacht: Ach, wenn ich eh nichts Besseres zu tun hab, spalt ich halt mal meine Wut von mir ab!".

„Also ich hab da eine ganz einfache Rechnung für dich: Abgespaltene Wut + unkontrollierte Fantasie = Schwierigkeiten!", entgegnete Ego, um mich dann aufdringlich, ernst und abwartend anzusehen.

Worauf mir nur eine passende Antwort einfiel „Aha" und etwas zeitverzögert „Glaubst du eigentlich, dass es normal ist, fast immer wenn man halbwegs entspannt ist das Lied „Ich hab die Haare schön" zu hören, und zwar nur diesen Teil?". Ich war wieder etwas ruhiger geworden, wahrscheinlich hatte er einfach nur Angst, dass ich irgendwann ganz spontan implodieren würde. Und durch meine lange Erfahrung im Ich-Sein wusste ich, dass das wohl nicht passieren würde, wenn es bisher noch nicht geschehen war. Davon abgesehen würde ich das wohl doch vorher spüren. Und nur weil ich mir das jetzt gerade bildhaft vorstellte, was ziemlich cool aussah so im Comic-Stil, würde es nicht gleich passieren. So schlimm und mächtig war meine Fantasie dann doch nicht.

„Ok, nächste Frage, vielleicht schnallst du dann endlich, was los ist, oder hörst auf dich dumm zu stellen, es wird nämlich höchste Zeit. Wie würdest du dir deine Wut vorstellen? Was für ein Bild würdest du von ihr zeichnen?"

Ich antwortete ohne zu überlegen oder zu zögern, mit einer Begeisterung, die bald vergehen sollte: „Groß, doppelt so groß wie ich, mit feuerroten Schuppen und ganz vielen ganz spitzen Zähnen die einem entgegenblitzen, wenn sie einen anlächelt. Eine richtig bedrohliche aber auch irgendwie schräge Drachendame". Ego blickte mich an, ich blickte Ego an, unsere Blicke verkeilten sich in todernstes Schweigen hinein, ineinander. Und das Einzige, was mir zu sagen angemessen und richtig erschien, war ein schwächliches „Oh". Natürlich hätte ich gerne noch ein „verdammt" oder „mein Gott" dran gehängt zwecks Ausdrucksstärke und Klischeeerfüllung, aber dafür hatte ich nicht genug Puste. Die war mir ausgegangen, als schon wieder so ein doofe Erkenntnis mich rammte, und ich schon gekonnt und gewohnheitsmäßig im Geiste zurücktaumelte.

Ein Kratzen war zu hören, es drang aus meinem ehemaligen Schlafzimmer, das langsam aber sicher dabei war, die Funktion eines Besucherzimmers einzunehmen. Vielleicht war es das ja im Grunde seines Herzens immer gewesen. Und versuchte nun, inspiriert von meiner bescheidenen Wenigkeit, zu sein, was es tief in sich schon immer war und sein sollte: Ein Zimmer mit Persönlichkeitskrise auf Selbstfindungstrip. Und, ach wie ich sie liebe diese Projektionen, man fühlt sich gleich viel weniger alleine, und mehr als ein Teil der Welt, die einen umgibt.

Aber da war ja noch was, ein Kratzen, genau. Es kam aus meinem psychisch angeknacksten Zimmer und hörte sich sehr verdächtig nach Schuppen an, die eine Wand entlang schabten. Es klang nach Wut und Kraft. Und zwar so sehr, dass meine innere Alarmanlage mit einer Motivation, die fast schon an Begeisterung grenzte, zu schrillen und pfeifen begann, während sie elegant von oranges auf dunkelrotes Geblinke wechselte.

„Scheiße, Helga kommt", entfuhr es mir. Ego erwiderte mit eindeutig aufflackernder Sorge: „Du hast ihr auch noch einen Namen gegeben!?" um dann milder fortzufahren „Du weißt doch, dass man Tieren die man nicht behalten will und wird, keine Namen geben sollte, oder?".

„Zählen Drachen denn als Tiere?"

„Ist doch jetzt egal, was sollen wir tun? Wahrscheinlich wird uns jeden Moment die personifizierte Wut entgegentreten!"

„Tja, hmm, tot stellen?"

„Lass mich raten, Plan A? Der bisher in 99 von 100 Fällen nicht funktioniert hat? Wäre es nicht an der Zeit für einen Plan B. den wir dann im Grunde auch gleich, egal wie gut oder schlecht er ist, zu Plan A befördern können. So mit Gehaltserhöhung und allem Drum und Dran?"

„Was hast du gegen Plan A, der ist echt super, macht sogar Spaß, warte ich zeig's dir." Vielleicht tat mir Ego leid. Wenn er sich weiter so viel sorgen würde, das wusste ich, würde sein saftiges Grün irgendwann in naher Zukunft einen Graustich bekommen.

Vielleicht wollte ich ihn aufmuntern. Vielleicht wollte ich die Welt aufmuntern. Jedenfalls tat ich, was ich tat. Und zwar, Augen verdrehen, Mund aufreißen, und drastisch röcheln. Während meine Hände zu meinem Herz flogen und es hielten, als könnten sie den nicht existierenden Herzinfarkt verhindern. Das alles tat ich mit einem gewissen Stolz genauso wie jemand, der so tat, als würde er sterben. Das ist ganz ehrlich keine leichte Angelegenheit. Zu sterben und gleichzeitig zu signalisieren, dass man genau das nicht tat. Dann blieb ich ganz still und tot auf der Seite liegen. Rücken oder Bauchlage, das konnte jeder, aber auf der Seite landen, das war Kunst in Reinform, beschloss ich zu glauben. Und da lag ich nun gekonnt tot und wartete auf ein Lachen oder wenigstens auf ein verhaltenes Kichern, das nicht kommen wollte. Aber ich blieb hart und trotzig weiter tot. Wäre auch peinlich gewesen in diese drückende Stille hinein, aufzuerstehen. Bei einer ordentlichen Auferstehung erwartet man Gelächter oder Angebete, dazwischen gab es nichts, Clown, Heiliger oder schlechter Schauspieler standen zu Auswahl. Und ich war so lang ein schlechter Schauspieler in meinem eigenen Leben gewesen, dass ich das gar nicht gut vertrug. Daher blickten meine erstarrten Augen tapfer weiter auf die weiße Wand, vor der ich zum Liegen gekommen war. Natürlich hätte ich gerne geschaut, was Ego machte, doch noch war ich nicht bereit, meine Show zu versauen. Allerdings war das auch gar nicht nötig, denn ich spürte plötzlich etwas sehr Weiches in meinen ausgestreckten, tot daliegenden Armen und einen kleinen Kopf, der an meinem Hals ruhte. Während Egos Stimme murmelte „Danke, ich werde dir nie vergessen, dass du extra um mich aufzumuntern, gestorben bist. Was für ein Liebesbeweis! Aber du weißt schon, dass uns bei Helga Albernheit allein nicht weiter hilft? Die Wut wird etwas anderes von dir fordern als die Depression. Gemeinsam ist ihnen nur, dass du etwas in dir neu entdecken musst".

„Du weißt aber schon, dass ich nicht wirklich gestorben bin!?", sagte ich mit ironisch weicher Stimme, wäre er nicht auf so angenehme Art in meinen Armen gelegen, ich wäre wohl dezent panisch geworden wegen des erwähnten Liebesbeweises. So jemand war ich doch gar nicht. Doch seine Weichheit ließ mich irgendwie auch weich werden. Und so lag ich trotz nahendem Drachen, zu entdeckenden Dingen und beunruhigenden Liebesbeweisen an mich selbst, so weich und entspannt wie noch nie auf meinem Küchenboden.

„Warum bist du eigentlich so weich?", fragte ich, „dein Fell schaut eigentlich ein bisschen widerspenstig und borstig aus".

„Ich kann beides sein, muss mich im Notfall ja auch verteidigen können, warte ich zeig es dir…".

„A Uhh Aua" sagte ich, so in etwa, und sprang auf um dann zu verkünden: „Das war ja echt cool, wie hast du das gemacht?".
Plötzlich war sein Fell viel fester und vor allem piksiger geworden.

Ego grinste: „Weiß nicht, hat vielleicht was mit Körpergefühl zu tun. Ich schätz mal, es hat nicht nur Vorteile sich auf sein

Innenleben einzulassen, sondern auch auf dessen Zuhause, sprich Körper. Im Notfall tut's vermutlich auch jede Menge Haargel. Aber wenn ich das kann, müsstest du ja prinzipiell auch dazu in der Lage sein".

„Kannst du mir nicht eine Übungsstunde geben, ich würd manchmal wirklich gern ein paar Leute wegpiksen. Zum Beispiel bei Hofer an der Kassa…"

„Dafür haben wir keine Zeit; falls du es vergessen haben solltest, in deinem Schlafzimmer befindet sich ein ausgewachsener Drache, davon abgesehen wage ich zu behaupten, dass dein Körper Verhärtungs- und Verspannungsprofi ist, streng genommen habe ich dir gerade, so ganz nebenbei, das Gegenteil beigebracht".

Nachdem mir das Thema unangenehm wurde, stellte ich endlich die wichtigste Frage überhaupt: „Wann wird uns der Drache denn die Tür einschlagen, sie ist da schon eine ganze Weile drin. Ob sie sich verlaufen hat?"

Genau in diesem Moment begann es an die Tür zu klopfen. Das heißt, eigentlich hörte es sich wie ein Hämmern an, das gerne ein

Klopfen gewesen wäre und doch nicht vertuschen konnte, was es im Grunde seines Herzens war und sein sollte.

„Offensichtlich gar nicht, sogar deine Wut befolgt die Regeln der Höflichkeit, das nenne ich mal schräg! Allerdings weiß ich nicht was passiert, wenn wir sie jetzt nicht hereinbitten. Noch wütender sollten wir die Wut vielleicht nicht machen", antwortete Ego.

Schicksalsergeben und mit dem Hintergedanken, dass übermäßiges Fantasieren noch niemanden umgebracht hatte, sagte ich die Worte, die gesagt werden mussten, für mich, die Wut und Ego. „Herein bitte", wobei meinem dauerüberspannten Hirn gerade in diesem Moment einfallen musste, wie merkwürdig diese Aussage war; als würden sich Befehl und Bitte wiederstrebend die Hand reichen, um dann Grimassen zu schneiden, sobald niemand hinsah.

Schuppige Drachenfüße erschienen im Türrahmen, sie gingen ins Zimmer, eine akrobatische Höchstleistung wie ich fand und sicher reine Angeberei, denn mit der

Kopf-voraus-Körper —hinterher-Methode hätte es sicher auch funktioniert. Und da stand sie nun im Zimmer, die Drachendame. Helga war tatsächlich eine besonders bizarre Art von Drachen, feuerrot und ausgestattet mit kleinen aber mächtig aussehenden vielen Beißerchen und einer rauchigen Stimme, die einen, wenn sie gesungen und nicht geschrien hätte, an Schlafzimmer, schummriges Kerzenlicht, und Liebe auf Abwegen denken ließ.

Ach ja, und sie war Österreicherin, eindeutig, denn dass sie „Servus. Helga. Hab gehört, da hat jemand ein Wutproblem?", sagte, während ihre auf Hochglanz polierten, scheinbar frisch geschliffenen Monsterzähnchen einem entgegen blitzten, machte die Situation nicht weniger bizarr.

„Wer von euch hat mich eigentlich als Dame bezeichnet?" Ihre Stimme, der Ton, schien als Funkenregen auf mich nieder zu gehen, und es roch nach verbranntem Haar, vermutlich meinem, denn Ego der neben mir stand und mit dem Finger auf mich zeigte, war offensichtlich nicht angebrannt, sondern sah frisch, grün, und ängstlich aus. „Ich", sagte ich mit so zittriger Stimme, dass ich schon fast richtig wütend auf mich war.

„Danke, nett von dir, ist mir noch nie passiert" schrie Helga mich an, vermutlich weil sie gar nicht anders konnte um dann fortzufahren.

„Also, hier muss jemandem das wütend Sein beigebracht werden, habe ich mir sagen lassen. Ich mach euch das jetzt mal vor, du Mädchen, schau mir in die Augen. Kannst du es sehen? Ja genau, ich schiele, und ich hasse es wenn mich einfach wer drauf anlabert. Also mach mal, laber mich blöd an". Das Schielen fand ich eigentlich nicht so schlimm wie die Tatsache, dass ihre Augen winzig und orange waren, was überhaupt nicht zu den großen roten Schuppen passte. Ein absolutes modisches No-Go. Und nachdem ich in der Nähe ihrer Zähne langsam aber sowas von sicher dabei war, panisch und hysterisch zu werden, sagte ich das natürlich auch laut. Helga schaffte es zwar, ihre winzigen Augen zusammenzukneifen, und die erstaunlicherweise vorhandenen, aus winzigen Schuppen bestehenden Augenbrauen ärgerlich zu runzeln, doch dieser ‚Ich bin ja so was von wütend'-Ausdruck wurde ganz entschieden versaut, von einem unterdrückten Kichern. „Hoppala, das sollte eigentlich nicht passieren, ignoriert das bitte einfach. Du redest schönen Blödsinn, wenn du nervös bist, Mädchen. Vielleicht schiele ich, aber meine Augen sind wunderhübsch! Ich würde dich viel weniger nervös machen und verunsichern, wenn es dir gelingen würde deine Wut zu fühlen. Nur so am Rande bemerkt", sagte Helga noch immer kichernd.

„Aha" erwiderte ich.

Mein zugegeben eher unwichtiges „Aha" ignorierte Helga, um zu verkünden „Also, erst machst du mich wütend und dann ich dich, ich finde die Idee eigentlich ganz gut, mal abgesehen davon, dass du wohl auch nicht so wahnsinnig gut darin bist, andere wütend zu machen. Muss ja wirklich fad sein dein Leben. Denn ohne ordentliche Wut kein ordentlicher Konflikt. Doch den braucht man doch einfach von Zeit zu Zeit, belebt die

Sinne, und das Adrenalin kann frisch und fröhlich fließen. Dir entgeht da echt was, Mädchen!"

„Aha" erwiderte ich.

„Her je, jetzt mach schon Mädchen, zier dich nicht so, sei kreativ und gemein. Mach mich wütend!", schrie Helga.

Ich blickte hilfesuchend zu Ego, der im Schneidersitz am Boden saß, entspannt und grinsend, nachdem er ganz offensichtlich weit entfernt von der Schusslinie stand, also saß.

Ich wagte es. „Du bist ein schlechtes lebendes Symbol, für meine Wut, du hast gekichert, und es voll versaut!", nuschelte ich.

„Was hast du gesagt?", brüllte Helga. Ich nuschelte ein weiteres Mal meinen Text herunter, dieses Mal noch leiser.

„Verarscht du mich?", verlangte Helga lautstark, zu wissen. „Das ist echt nicht lustig, rede gefälligst so, dass ich auch was verstehe. Wenn ich etwas nicht ausstehen kann, sind es Nuschler, die mich auch noch verarschen!"

Ich räusperte mich, in der vagen Hoffnung, meine Stimme wach zu rütteln. Beim nächsten Versuch war mein Textlein nicht nur so gut wie gar nicht mehr zu hören, sondern auch noch brüchig und zittrig.

„Du verarscht mich wirklich! Findest du das richtig? Ich versuche schließlich, dir zu helfen, wie kommst du auf die, Idee, du hättest das Recht mich zu verarschen, mit deinem blöden Flüstern".

Etwas in mir machte ganz eindeutig „Ratsch", es war mein überspannter Geduldsfaden. Mein Hirn hörte einfach so, als wäre es ganz selbstverständlich, auf, Entschuldigungen oder Erklärungen für Helgas Verhalten zu finden. Mein „Ich habe Verständnis" -Tank hatte ein Leck und rann aus. Alle meine „Ich werde nicht wütend"-Helferlein machten gleichzeitig und spontan Urlaub. Sogar die leise Stimme im Hintergrund, die eifrig, gehässig, konsequent und ausdauernd raunte „Hast es eh nicht besser verdient" entdeckte die Pause für sich, sodass die sich anbahnende Explosion ihren Lauf nehmen konnte.

Ich hatte meine Fantasie eindeutig unterschätzt. Es machte „Krach Kabummmm", und Teilchen von mir klebten an der Wand oder lagen am Boden rum. Praktischerweise war von meinem Kopf genug übrig geblieben um sehen zu können, wie meine am Boden liegende linke Hand mir zuwinkte, während die nicht weit davon entfernt liegende rechte Hand mir den nach oben zeigenden Daumen entgegenstreckte, wahrscheinlich um zu signalisieren, „alles ok, kein Grund zur Sorge, das bekommen wir auch wieder in den Griff". Nett von den Beiden.

„Kein Grund zur Sorge, ein ganz typischer Anfängerfehler, du musst die Wut rechtzeitig raus lassen!", schrie Helga betont gelassen meinem am Boden liegenden Kopf entgegen. Während Ego, der zu mir oder dem was von mir übrig geblieben war, gekommen war, meinte: „Cool, kannst du mir das beibringen. Wenn deine Fantasie im Ernstfall nicht auf Comic umschalten würde, wäre das jetzt echt eklig. Aber so… echt cool.

Sympathische Hände hast du da übrigens, mit einer so netten Einstellung…"

„Falls es euch noch nicht aufgefallen sein sollte, ich liege zerstückelt auf meinem Küchenboden, mein großer Zeh klebt sogar an der Wand! Es ist absolut nicht der richtige Moment für eure doofe Ruhe und Gelassenheit. Wir sollten jetzt verdammt noch mal ganz motiviert und hysterisch werden! Alleine ist das nämlich peinlich. Und überhaupt ein Zeichen für mangelnde Solidarität eurerseits" schrie ich, nun endlich und doch, wenn auch eher weniger aus Wut.

Womit ich jedoch nicht gerechnet hatte, war, dass die Beiden prompt anfingen, hysterisch kreischend und sich verzweifelt die Haare bzw. Schuppen raufend, zwischen meinen Einzelteilen herumzurennen. Das fand ich sehr nett von ihnen und sehr aufmunternd für mich. Als sie schließlich wieder damit aufhörten, fragte Ego: „Und, geht's dir besser? Echt? Na dann ist ja gut. Wenn du jetzt bitte einfach mal die Augen schließt und dir fest vorstellst, wie du dich wieder zusammenfügst, müsstest du eigentlich wieder als Ganzes vor uns stehen".

Ich schloss die Augen und dachte an blaue magische Fäden die meine Körperteile wieder an Ort und Stelle zogen, und tatsächlich, es funktionierte. Nur hatte meine Konzentration für einen kurzen Moment nachgelassen und ich stellte fest, dass meine beiden Daumen nach außen zeigten. War aber eine faszinierende Sache und leicht zu beheben, und innerhalb kürzester Zeit war ich wieder ganz. Zumindest körperlich.

„Und was jetzt?", fragte ich und konnte selbst hören wie gereizt ich klang, diese Selbstfindungsgeschichte entwickelte sich langsam, aber so was von sicher, zu einem gefährlichen Fulltime-Job mit fragwürdigem Einkommen und schlechten Aufstiegschancen.

„Versuch dich zu erinnern was dich so wütend gemacht hat, nur dieses Mal drücke es bitte rechtzeitig aus, in Worten oder Taten" fauchte Helga, ganz der wütende, liebenswürdige Drache. Wirklich, mit der Zeit konnte man sogar Mitgefühl und Sorge aus dem Gebrülle und Geschrei heraushören.

Also, was war es gewesen, was hatte mich so wütend gemacht? Die Antwort kam schnell und einfach. Das Gefühl in die Enge getrieben und angegriffen zu werden, und überhaupt nichts dagegen tun zu können. Das Gefühl Opfer zu sein, und immer zu bleiben. Die Tatsache, dass Helga ganz einfach meine Schwäche, die Unsicherheit, also das leise Reden gegen mich verwendete, und vor allem, dass sie das bewusst gemacht hatte. Da war ich mir sicher. Sie hatte mich ja schließlich wütend machen wollen. Sie hatte mit mir gespielt, so getan als wäre mein Genuschel Absicht. Weil es ihr gerade gut passte. All das hatte mich wütend gemacht, und tat es jetzt erneut. Etwas in mir begann zu brodeln und zu zischen, bis mir die Worte ausgingen. Mein Hirn streikte. Sonst hätte ich wohl all das Helga gesagt, und zwar laut. So allerdings tat ich etwas ganz anderes. Mein Blick flog eilig und beschwingt durch die Küche. Auf der Suche nach etwas Zerstörbarem. Doch

da war erstaunlicherweise nichts zu finden. Außer der heiligen Kaffeetasse und einer Pflanze, deren Namen ich nicht wusste, die aber schon seit Jahren zwischen Leben und Tod hin und her pendelte. Vielleicht machte ihr das Spaß. Doch mich nervte das, und nicht zum ersten Mal dachte ich mir: „Jetzt entscheid dich endlich" doch sie tat es nicht. Als mein Blick dieses Mal auf ihr landete, beschloss ich, gütig und wütend, der Armen die Entscheidung abzunehmen. Ich legte meine kleinen Hände um ihren kleinen Stamm und begann sie zu schütteln, während ich schrie: „Du blöde lebensmüde Pflanze, dann stirb halt!" Die Pflanze schrie zurück „Was kann ich denn dafür, wenn du mich zwischen 30 und 0 Mal im Monat gießt, da würde sich keine Pflanze entscheiden können. Und überhaupt, wann bist du denn so tief gesunken, dass du dich mit Schwächeren anlegst! Feigling! Nimm den Drachen, und lass es nicht mich ausbaden!".
Die Pflanze nervte noch ein bisschen mehr als sonst, aber das haben meiner Meinung nach Pflanzen und Menschen so an sich,

wenn sie im Recht waren, was mein eigenes Fehlverhalten anging. Ich knurrte „Sorry", wante mich ab von der Pflanze um mit ausgestreckten, zum Zupacken bereiten, Händen in Richtung Helga zu rennen. Vermutlich sah ich aus wie ein kleines Kind, das einen Erwachsenen umarmen wollte, doch leider noch zu klein war und so nur die Arme um die Knie des Großen legen konnte. Also umarmte ich Helgas Knie statt den unerreichbaren Hals in eindeutig böser Absicht und schrie „Doofer Drache!" Vermutlich waren ich und meine Wut so beeindruckend wie eine durchgeknallte Eintagsfliege auf einer Überdosis Antidepressiva und Kaffee.

Helga schob mich einfach von sich weg und meinte: „Ganz offensichtlich verhindert deine Wut deine Fähigkeit vernünftige Sätze, die aus mehr als zwei Wörtern bestehen, zu bilden, aber du solltest es wenigstens versuchen! Sag mir die Meinung. Mach mich zur Schnecke, am besten so richtig laut".

„Du hattest kein Recht mich so in die Enge zu treiben, und es ist mir absolut egal, ob du gute Absichten hattest. Mach das bloß nie wieder! Gib mir einen Rat oder zeig mir, wie ich es besser machen kann. Aber bohr deinen Finger nicht immer wieder in meine Schwächen, um mich dann damit zu verarschen. Du hast genau gewusst, dass ich es nicht schaffe lauter zu reden, und wie schlimm das für mich ist. Schließlich kommst du aus meinem Inneren. Glaubst du etwa, es ist lustig, sich so klein und unsicher zu fühlen, dass man nur noch ganz leise vor sich hin nuschelnd und auf den Boden schauend mit jemandem reden kann?"

„Nein, das glaub ich nicht, aber ganz offensichtlich kannst du auch groß und laut sein, du kannst mich sogar böse anstarren. Und weil du all das kannst, werde ich mir von nun an drei Mal überlegen, bevor ich über deine Grenzen trample, versprochen. Ach ja, und, gut gemacht!" Helga grinste ein zorniges, sympathisches Drachengrinsen und ich stellte fest, dass mir ihre Beißerchen keine Angst mehr machten.

„Und Entschuldigung natürlich, ich wusste schon, dass du nicht absichtlich so leise redest, sondern nicht anders kannst vor Unsicherheit. Ich dachte nur, es wäre notwendig und vielleicht war es das ja sogar. Jedenfalls kannst du jetzt behaupten, dich schon mal mit einem Drachen angelegt zu haben. Da sollten kleine Menschlein, die sich nicht so für die Grenzen anderer interessieren, eigentlich kein Problem sein. Hoffe ich. Denn es wird wohl bald notwendig sein, deine neue Fähigkeit ein weiteres Mal zu beweisen. Bevor ich gehe - mein Job ist ja erledigt - noch ein kleiner Tipp für die sehr nahe Zukunft: Du bist erwachsen! Wenn du das nicht vergisst, kannst du das kommende Ego leichter unterstützen und beschützen. Gut das war's, baba", brüllte sie und verschwand.

„Ähm, was meinte sie mit Ego, nicht dich, oder!?", fragte ich Ego, den ich fast schon vergessen hatte, so still war er gewesen.

„Also, na ja, sie meinte wohl das Kind von vorhin. Eigentlich sind wir ja alle ein Teil von dir, ein Ich – Anteil. Also könnte man uns alle als Ego bezeichnen. Aber die meisten von uns haben gerne eigene Namen oder auch

Titel. Ich bin der Reisebegleiter. Das Kind ist das Kind, es hat aber übrigens auch einen Namen, Joy. Den Namen hätte sie nämlich immer gern gehabt".

„Na super, also geht es nicht nur darum, wer ich bin, sondern auch wie viele!? Ist das nicht ein bisschen abnormal?".

„Nein, eigentlich nicht, ich habe gelesen, dass wir alle im Grunde aus vielen Anteilen bestehen, nur üblicherweise arbeiten die gut zusammen und die Übergänge sind fließend. Man merkt davon gar nicht so viel. Am ehesten noch den berühmten inneren Kritiker, der einen von Zeit zu Zeit nervt, sagt, dass man zu viel raucht, zu wenig arbeitet oder was auch immer. Oder man merkt, dass man beim Boss wieder zum trotzigen Kleinkind mutiert. Deshalb gibt es ja auch immer mehr Bücher mit so Titeln wie „Aussöhnung mit dem inneren Kind". Du kannst dir das als Bild vorstellen mit vielen Menschen die alle miteinander verbunden, ein Ganzes ergeben. Nur dass Ärzte eben auch glauben dass, wenn man zum Beispiel recht früh etwas recht Schlimmes erlebt, also ein Trauma, es den Effekt haben kann als würde dieses Bild zertrümmert werden. Es gibt plötzlich lose Teile die unkontrolliert in einem rumwuseln, alleine sind und vielleicht sogar Angst vor den anderen Anteilen haben. Das Bild ist zumindest teilweise zerstört und der Mensch kann sich nicht als Ganzes erleben. Das wäre bei dir der Fall".

„Soll das heißen wir versuchen gerade tatsächlich, mich mit dem, Super-Super-Superkleber zusammenzukleben, mit dem ich eigentlich nicht spielen darf!?", verlangte ich besorgt zu wissen.

„Ja. Nur, dass du erwachsen bist. Also wer sollte dich daran hindern, mit dem Kleber zu spielen!".

„Du willst also, dass ich mich mit meinem inneren Kind aussöhne, das vorher da war" wollte ich wissen, damit es da auch keine Zweifel mehr gab. „Ja, also das heißt eigentlich Kinder, es sind zwei, soweit ich informiert bin".

Die Hilflosigkeit trampelte erneut über mich hinweg. Wie vorhin an der Tür. Es schien ihr Spaß zu machen. Denn sie bremste immer wieder knapp vor der Zimmerwand ab, machte kehrt um mich erneut anzuvisieren und niederzutrampeln. Meine Hilflosigkeit war ein hässlicher Sadist.

„Nein!", brüllte ich fast schon „Ab hier steige ich aus, mir reicht's, genug!"

„Du kannst jetzt nicht einfach aussteigen, du wirst gebraucht!"

„Weißt du, was man tut, wenn Scheiße passiert, man geht weiter, lebt sein Leben, wird damit fertig. Anstatt in sich herumzustochern und grün zu färben um dem Ganzen einen weniger verletzten, ungesunden Ausdruck zu geben!".

„Nur, dass du damit eben nicht einfach fertig wirst, das geht nicht von allein. Und du gehst nicht weiter, du lebst nicht weiter. Du kriechst dir selbst mit letzter Kraft davon, bist du es nicht leid!!?"

„Verschwinde, unsere Geschichte endet hier" schrie ich jede Albernheit vergessend, die Zuneigung war der Hilflosigkeit gewichen und der Wut, die sie in mir auslöste. Er verschwand.

5. In dem ich mit mir fühle, wenn's denn sein muss

Und da stand ich nun, auf das Gefühl von Freiheit und Erleichterung wartend. Doch die Beiden zierten sich, standen unsicher irgendwo am äußersten Rande meiner Wahrnehmung. Vielleicht hatten sie Respekt, wenn nicht sogar Angst, vor der Hilflosigkeit, die noch immer in meiner Wahrnehmung herumtigerte. Jedenfalls gammelten sie recht fies am Rand herum, gerade so, dass ich wusste, es gab sie, jedoch nicht für mich, nicht heute und vielleicht auch nicht morgen. Stattdessen kam ein anderes Gefühl auf mich zu, viel selbstbewusster als die beiden erwünschten. Es ließ sich von der Hilflosigkeit nicht stören und lief mir zielsicher entgegen. Wir kannten uns bereits und nickten einander nur knapp mit dem Kopf zu, um zu signalisieren, dass wir einander zur Kenntnis nahmen. Wir wirkten verdammt cool, fand ich, mit unserem knappen Genicke. Hätten wir auch noch Hüte und Anzüge getragen, die Szene wäre perfekt gewesen, vor allem in Schwarzweiß.

Doch die fast perfekte Szene machte nicht wett, dass es die Einsamkeit war, die sich neben mich stellte. Ganz so als wäre es selbstverständlich, genau hier, genau an meiner Seite zu stehen. Andererseits, es war ja meine Einsamkeit, wo sollte sie sonst stehen, bei den Nachbarn? Die hatten wohl ihre Eigene oder auch nicht.

Jedenfalls war ich nicht dumm, Ego ging und Einsamkeit kam. Streng genommen hieß das, ich fehlte mir. Oder ein Teil von mir fehlte mir. Und kaum hatte ich diesen Gedanken zögerlich und unwillig zu Ende gedacht, stand er auch schon wieder vor mir, Ego.

Seine Augen waren zusammengekniffen und seine Stirn gerunzelt. Alles an ihm strahlte eine Entschlossenheit aus, die geradezu danach schrie, herausgefordert zu werden.

„Welchen Teil von „verschwinde" hast du nicht verstanden?", wollte ich wissen, darauf hoffend ganz besonders stark und cool zu wirken. Denn es lag eindeutig Streit in der Luft, zwischen uns, schwer und elektrisch. Die „Wir werden streiten"-Atmosphäre lag so deutlich in der Luft, dass ich sie streicheln können hätte. Und bei all dem Geknistere hätte es ganz sicher in meinen Fingerspitzen gekitzelt. Es würde Streit geben und ich wollte ihn gewinnen, also mein Aufgeben durchsetzen. Ich hatte das Recht dazu, das Ganze zu beenden, fand ich, schließlich war ich ja auch diejenige, die diese Geschichte begonnen hatte. Doch Ego war offensichtlich anderer Meinung: „Mich wirst du nicht so einfach los, nur damit du es weißt, und schon gar nicht, wenn du es nicht wirklich willst!"

„Ich will, dass du verschwindest" wiederholte ich nur ziemlich lahm.

„Nein willst du nicht, du hast mich bewusst gestaltet, ausgegraben und neuentdeckt, du verwendest alle dir zur Verfügung stehenden Fähigkeiten darauf, mich aufrecht zu erhalten. Genauso wie dieses Kind da drinnen"

„Das ist nicht echt" „Das bist du! Du bist echt, mit allem was in dir lebt, und kreucht, springt, wächst, weint, albert, schweigt, schreit, verzweifelt und lacht. Dabei spielt es keine Rolle ob dieses Etwas in dir, grünes Fell hat oder pinke Stacheln. Und dieses Kind wirst du ja wohl erkennen als dich selbst". Jedes Mal wenn er dieses Kind erwähnte, bekam meine Hilflosigkeit einen Energieschub, und hatte nichts Besseres zu tun als diesen zu nutzen, um mich zu Brei zu trampeln. Zu zornigem Brei. Daher schrie ich „Ich kann diesem Kind nicht helfen. Ich kann nicht ungeschehen machen, was passiert ist!"

Doch Ego blieb weiter stur. „Du kannst dir helfen, und ich sag es nochmal, das bist auch du. Was willst du tun, wegsehen, weggehen? Dich absaufen lassen? Dieses Kind in dir, es leidet und es wird immer weiter leiden, bis du endlich aufstehst und etwas änderst. Dafür ist es nicht zu spät, das ist es nie. Vielleicht kannst du die Dinge nicht ungeschehen machen, nicht wirklich. Aber du kannst dir die Hand reichen, für dich da sein, und das Leid in dir beenden. Es sei denn, du glaubst noch immer du hättest all das verdient und natürlich auch alles, was mit dir geschehen ist. Wenn du das wirklich glaubst, hab den Anstand und sag es diesem Kind ins Gesicht. Sie wird dir nicht mal böse sein, weil sie selbst davon überzeugt ist. Doch du, du bist erwachsen und solltest es besser wissen".

Er hatte Recht. Ich konnte nicht einfach weggehen und ich wollte handeln, helfen, doch gleichzeitig wollte ich mit all dem nichts zu tun haben. Vor allem nicht mit dem, was das Kind da drinnen fühlte. Denn es waren auch meine Gefühle, tief in mir vergraben, und doch nie tief genug, dass sie nicht jederzeit ausbrechen und mich überfluten könnten. Als gäbe es in mir eine Tiefkühltruhe, in der sie noch immer frisch und saftig, von der Zeit unberührt, vor sich hin kühlten, bis jemand den Deckel öffnete, und sie ganz happy, wieder mal ans Licht kommen, mir freudig entgegenspringen würden. „Du verstehst das nicht, ich würde nicht nur dem Kind die Hand reichen, sondern allem was ihm passiert ist. Es ist als würde ich akzeptieren, was mir genommen wurde. Ich würde der Schwäche die Hand reichen, dem Verlust. Ich würde auch dem in mir die Hand reichen, was andere aus mir gemacht haben. Das kann ich nicht. Das werde ich nie können" sagte ich und es entsprach dem, was ich für die Wahrheit hielt. Ich konnte nicht gehen, aber mir die Hand reichen, und tränenreich und kitschig Versöhnung feiern, das konnte ich auch nicht. Ich wollte kein Opfer sein, und dieses Kind war ein Opfer.

„Vielleich hast du keine andere Wahl, wenn du leben willst, als dir die Hand zu reichen!", antwortete Ego.

„Du hast doch keine Ahnung, sie haben mich ganz einfach zerbrochen, indem sie mich zu etwas machten, was ich nie sein wollte. Sie haben mich benutzt, um ihre Wünsche zu befriedigen. Ein kleines, gut erzogenes Opfer, an dem sie ihre Gefühle ausleben konnten. Sie wollten jemanden, der ihnen gab, was sie brauchten, und den haben sie bekommen, mich. Ich war so gut erzogen, dass es irgendwann schon ganz selbstverständlich war, zu erahnen und dann zu sein, was andere gerade brauchten. Viel übrig geblieben ist dabei von mir selbst nicht. Und vielleicht versuche ich nur mit dem zu leben, was andere von mir übrig gelassen haben. Vielleicht werde ich genau das mein Leben lang tun, mit den Resten von mir leben. Und weißt du was? Es wird mein ganzes verdammtes Leben lang zu wenig sein. Und dem werde ich nicht die Hand reichen".

„Ich weiß, es ist viel in dir kaputt gegangen und auch verloren, aber du könntest mehr sein. Mehr als jetzt. Vielleicht nicht ganz, nicht heil, du wirst manches was dir genommen wurde nicht wieder bekommen und du wirst auch nicht einfach los, zu was du gemacht wurdest. Doch du könntest mehr sein, mehr du. Wenn du dich nur akzeptieren könntest. Dass was du bist, das was du nicht bist. Dinge geschehen und Menschen zerbrechen. Weißt du, was Menschen tun, wenn sie verletzt werden? Sie bluten, weinen, manchmal schreien sie sogar vor Schmerz. Weder heben sie den Blick in Richtung Welt um ihr Leben zu ändern, noch gehen sie einfach weiter, aufrecht und stolz. Verletzte Menschen leiden, Punkt".

„Worauf willst du hinaus, verdammt! Soll ich jetzt leiden oder das Leid beenden!?"

„Vielleicht geht das eine nicht ohne das andere. Ich will doch einfach nur, dass du nicht wegsiehst. Du willst entweder gar nicht wahrhaben, was dir passiert ist, oder wenn du dann doch mal kurz hinsiehst wegrennen oder es loswerden. Vielleicht musst du leiden, um über dein Leid hinauszuwachsen. Du willst den Schmerz, die Verletzungen, die vielen Brüche in dir nicht wahrhaben, nicht akzeptieren. Doch sie zerfressen dich von innen heraus, verschlingen alles. Deine Kraft, dein Vertrauen in dich und die Welt, deine Lebensfreude. Die Person die du sein könntest. Nicht perfekt aber durch und durch lebendig. Abgeschnitten von dir selbst kannst du atmen, essen, schlafen, einkaufen gehen, Freunde treffen, und dennoch, bei all dem, nicht leben. Ist es das, was du willst, ein uncooler Zombie sein? Denn wenn du das nicht willst, gibt es nur einen Weg: rette dich anstatt dich selbst beim Ertrinken anzufeuern!"

Die Wahrheit tat, was Wahrheiten nun einmal ganz gerne tun, unangemeldet hereinplatzen, wenn man am wenigsten damit rechnet. Ich glaube ja, das gibt dem Leben der Wahrheiten eine ungemeine Würze, die sie voll auskosten wenn sie dann wieder mal in irgendeines Menschleins Leben platzen. Nur in mein Leben platze gerade genug herein, und eine eigene Wahrheit mit dem Potenzial besagtes Leben und Menschlein auf den Kopf zu stellen, konnte ich grad gar nicht gut brauchen. Ich hätte gerne gesagt „Husch husch Wahrheit, ab ins Körbchen", wobei sich besagtes Körbchen in irgendeiner Ecke in einem anderen ganz, ganz weit entfernten Universum befunden hätte. Eh klar: wenn schon, dann richtig. Und zwar richtig weit weg. Damit sie mich auch ja nicht mehr erreichen konnte. Aber Wahrheiten, ebenso wie Erkenntnisse, ließen sich nicht gut vertreiben, wenn sie dann mal da waren. Und im Grunde empfand ich auch eine gewisse nicht zu verleugnende Bewunderung für ihre gekonnten Überraschungsangriffe, die Leben aus ihren Bahnen schleudern konnten, in neue hinein. Manchmal sogar in die Richtigen.

Dieses Kind da drinnen, das wusste ich plötzlich mit Sicherheit, wollte ertrinken. Und zwar ganz wörtlich. Es hatte auf kindliche Art versucht sich in der Badewanne umzubringen. Es wurde genauso wie ich von Hilflosigkeit zertrampelt. Und es war ja auch ganz ohne Hilfe. Alleine. Dennoch suchte es nach einem Ausweg, einem ziemlich drastischen für eine Siebenjährige. Plötzlich war da tief empfundenes Mitgefühl diesem Kind gegenüber, und dieses Mitgefühl stellte sich der Hilflosigkeit entgegen, als sie mich erneut anvisierte. Stand wie zufällig im Weg und tat nicht mehr, als sanft den Kopf zu schütteln als die Hilflosigkeit an ihr vorbei und auf mich zurasen wollte. Die Hilflosigkeit verdrehte zwar genervt die Augen, machte jedoch kehrt, natürlich ohne ganz zu verschwinden. Das wäre dann doch zu viel des Guten gewesen.

„Dieses Kind, es will ertrinken. Das weißt du schon, oder?", fragte ich.

„Nein, in Wirklichkeit will es nicht allein sein, keine Schmerzen haben und keine Angst. Weil das nicht möglich ist, will es stattdessen einfach nicht mehr da sein. Erkennst du eigentlich, dass dieses Kind alles ihm Mögliche getan hat, um einen Ausweg zu finden?"

„Es hat versucht sich umzubringen!".

„Es hat getan, was es konnte, um eine Lösung zu finden, um zu entkommen."

„Das war zu wenig, das ist etwas, womit ich noch nie klar gekommen bin: Man tut alles, was man kann, und dann stellt sich heraus, es ist zu wenig. Manchmal ist alles zu geben einfach nicht genug; manchmal gibt es keine Lösung nur Leid… ich hasse das!"

„Du kannst gerne das Gefühl hassen, dass es nicht genug war, aber hasse nicht dieses Kind. Das hat nämlich nichts verbrochen."

Er hatte Recht mit eigentlich allem, und das machte es mir so schwer. Ich blickte in Richtung Mitgefühl, denn in ihm lag die Lösung, das spürte ich ganz genau. Die Lösung lag im Mitgefühl mir selbst gegenüber und im Mut, aus diesem Mitgefühl heraus zu handeln.

„Weißt du Ego, mir ist schon klar dass du Recht hast" sagte ich und gab endlich auf.

„Nur ich hab echt keinen Plan was ich tun soll".

„Ich weiß, wer dir da helfen kann: Die Dame, die da so dezent und sanft im Weg rumstand, als die Hilflosigkeit dich schon wieder niedertrampeln wollte."

Nun blickten wir beide in Richtung der Dame, die offensichtlich für meine Fähigkeit zum Mitgefühl stand. Die kam überraschend energisch auf mich zugeeilt und umarmte mich zu meinem Entsetzen. Ich war es nicht gewohnt, dass mich einfach wer in den Arm nahm und erstarrte erst einmal kurz, woraufhin sie mich wieder losließ, um mir beruhigend die Schulter zu tätscheln. „Na, da hat jemand aber einen wirklich schweren Tag, kommst du eh klar, brauchst du vielleicht etwas? Hast du heute überhaupt schon was gegessen?"

„Nein noch nicht, Pizza wäre super, und zu einer Tasse Kaffee würde ich auch nicht nein sagen". Die Dame schien begeistert. „Na klar, kommt sofort" und schon wühlte sie in meinen Küchenschränken nach den nötigen Zutaten.

„Stopp!", rief Ego und sah mich ärgerlich an. „Höre gefälligst auf, dein Mitgefühl zu verarschen!".

„Was denn, ich bin echt am Verhungern..."

„Wir haben gerade Wichtigeres zu tun als zu essen, liebes Mitgefühl, da drinnen in dem Zimmer sitzt ein verstörtes Kind, es braucht dringend, na ja, Mitgefühl eben, also würdest du das Kochen bitte auf später verschieben?".

„Mano" sagte ich, während die Dame das Mehl wieder zurück in den Schrank stellte, und ihre ernsten, sanften Augen auf mich richtete.

„Kein Problem, ich helfe natürlich gerne, aber da braucht ihr nicht nur meine Hilfe, sondern auch die von Mr. Mut. Ich werde ihn rufen" sagte sie und rief „Theobald, wo steckst du, komm doch mal bitte raus, wir brauchen dich".

Dann wandte sie sich an mich. „Du wirst ihn mögen, er ist so charmant und auf eine wilde, raue Art unglaublich attraktiv. Ach ja, ich habe übrigens auch einen Namen: Esmeralda" ihre eigenen Worte ließen sie erröten und ich dachte mir, na super, mein Mitgefühl ist verknallt in meinen Mut. Da stimmte doch etwas ganz und gar nicht mit meinem Innenleben! Natürlich war ich ein klein wenig entzückt, dass ich auch so was wie Mut in mir hatte, wer wollte den nicht in sich haben. Aber warum war das ein Mann?

„Ego, warum habe ich einen Mann in mir?"

„Da würd ich mir jetzt echt keinen Kopf wegen machen, interessant wäre es nur, wenn du überwiegend männliche Anteile in dir hättest so als Frau, aber ein oder zwei finde ich können nie schaden".

„Aha, ich glaub, ich bekomme langsam eine Identitätskrise" murrte ich vor mich hin.

Ego lachte „Bekommen?!Du steckst schon mitten drin. Aber mach dir keine Sorgen, manchmal muss man sich ein bisschen verlieren, um sich wiederzufinden".

„Du hörst dich an wie ein Glückskeks!", maulte ich.

Bevor wir uns weiter nerven konnten, gab etwas in der Küche einen Knall von sich, wobei nicht zu sagen war, woher das Geräusch kam, und plötzlich stieg dunkler

Nebel auf, aus dem ein Mann heraustieg. Ganz in elegantem Schwarz, mit Dreitagebart und Sonnenbrille, die absolut unnötig war in meiner dämmrigen Küche.

„Hallöchen", sagte der Mann und seine Coolness war binnen Sekunden zerstört. Er eilte auf Mitgefühl zu, nahm ihre Hand und hauchte einen Kuss auf ihren Handrücken. „Wie immer ist es mir eine ganz besondere Freude, mit dir zusammen zu arbeiten, liebe Esmeralda! Auch wenn ich mir wünschte, du würdest mich Mr. Mut nennen und nicht Theobald", sagte er mit einem Augenzwinkern. Esmeralda lief kirschrot an und grinste wie ein manisches Eichhörnchen auf einer Überdosis Koffein.

Ich sah Ego an, und zwar so böse wie ich nur konnte. „Gibt es in mir eigentlich auch Persönlichkeitsanteile, die nicht komplett durchgeknallt sind?".

„Psst, sie können dich hören. Davon abgesehen sind die Beiden super. Mit denen kann man echt Spaß haben und sie werden dir sicher helfen".

Ich blickte zu den Beiden rüber, die mittlerweile mit verschränkten Armen und gerunzelter Stirn nebeneinanderstanden und mich synchron fragten: „Was soll das heißen, wir sind durchgeknallt?"

„Öhm, war nicht so gemeint" entgegnete ich verlegen, und war mir nicht sicher, ob ich mir selbst glaubte. Doch die Beiden schienen zufrieden, denn sie lächelten mir entgegen.

„Ok, wie wollt ihr mir denn helfen", fragte ich um meinen nur schwächlich vorhandenen guten Willen zu zeigen, der so kränklich blass in mir herumstand, dass er ganz dringend hervorgehoben werden musste, damit man ihn überhaupt sah.

„Wir sind voll ausgerüstet mit Hilfsmitteln die jeder mitfühlende Kinderfreund unbedingt bei sich haben sollte" erwiderte Mitgefühl breit grinsend „und Mut wird dich dann einfach voll ausgerüstet ins Zimmer ziehen, schieben, schubsen, stoßen oder schmeißen, je nach dem was halt notwendig ist…"

Mein guter, armer, schwacher Wille schüttelte mir zum Abschied die Hand und wollte schon die Kurve kratzen, als er überrascht stehen blieb und Esmeralda begann, aus einer Handtasche, die bisher niemandem aufgefallen war, ihre Hilfsmittel zu ziehen. Zum Vorschein kamen ein übergroßer, gelber Teddybär, eine rote Kuscheldecke, ein Lolli und ein dickes Märchenbuch. Die Handtasche war nicht einmal halb so groß wie der Teddybär, mein Mitgefühl hatte seine Tricks eindeutig von Mary Poppins abgeschaut.

„Aha, ihr wollt das Kind also bestechen, damit es mich mag und mir vertraut" fragte ich. Doch die Beiden gingen nicht auf mich ein und schienen plötzlich ganz aufgeregt. Sie flüsterten miteinander und nickten sich dann gegenseitig bestätigend zu, um dann auf Ego zu zeigen „Und das beste Hilfsmittel für verstörte Kinder ganz zum Schluss", verkündeten sie, machten eine gewichtig, fette Pause und riefen begeistert: „Ego!".

Ego machte sich so klein, dass er wie ein haariger Fleck mit Augen auf meinem Küchenboden wirkte. Ein Fleck der sprechen konnte. „Wie bitte?", fragte er „Ich habe doch überhaupt keine Ahnung von Kindern".

„Ich etwa?", sagte ich und fühlte mich ein klein wenig schadenfroh, denn ich war nun nicht länger die Einzige der der Arsch auf Grundeis ging.

Mut und Mitgefühl ließen sich von mir und Ego nicht in ihrer Begeisterung stören. „Du bist perfekt, Ego! Eine perfekte lebendige Kombination aus Teddybär und Kuscheldecke. Mit hübschen großen, unschuldigen Augen, du kannst sogar sprechen. Davon abgesehen, ihr kennt euch doch schon!"

„Eben" sagte Ego „sie spielt immer Frisörin mit mir! Früher war ich mal rot und hatte viel mehr Haare".

Ich musste einfach lachen „Grün steht dir viel besser".

„Sie hält mich für ein Spielzeug" jammerte Ego, „und sie hat scheinbar noch nicht gelernt achtsam mit ihrem Spielzeug umzugehen".

Mein Grinsen wurde immer breiter. „Also gehen wir gemeinsam rein und kümmern uns um sie?"

„Ja" antworteten Mut und Mitgefühl während Ego knietief in besorgtem Schweigen versank. Mein breites Grinsen bestand, muss ich zu meiner Verteidigung sagen, nur zu einem kleinen Teil aus Schadenfreude, überwiegend empfand ich einfach Erleichterung. Ich würde jemanden an meiner Seite haben, der mir helfen würde. Plötzlich hatte ich das Gefühl, dass ich mich da tatsächlich einer Sache verschrieb, die auch machbar war. „Komm schon Ego, gemeinsam können wir das schaffen, wir haben eine Kuscheldecke und Zucker!", sagte ich und schockierte mich selbst mit diesem dezenten Hauch von Enthusiasmus. Mein guter Wille klopfte mir gutmütig und kumpelhaft auf die Schulter, und blieb breitbeinig an meiner rechten Seite stehen, ganz so als würde er sich auf einiges gefasst machen, wäre aber fest entschlossen zu bleiben.

„Ist eigentlich schon jemandem von euch aufgefallen, dass ich in Sorge versinke?", rief Ego uns Enthusiastischen, die alle auf ihn bauten, entgegen. Und tatsächlich: Seine kurzen Beine und Füße waren im Boden versunken; es fiel nicht gleich auf, weil seine Beine wirklich sehr kurz und seine Füße wirklich sehr klein waren, und wenn er saß, sah er aus wie eine Fellkugel, doch tatsächlich, er war dabei zu versinken und nicht zu sitzen. Der Boden um ihn herum sah auch nicht gerade adrett aus, er hatte eine Graufärbung angenommen. Ich wurde neugierig und steckte meinen Zeigefinger mitten hinein in dieses Grau, es war schleimig, wie nur üble Sorgen schleimig sein konnten, und blieb an meinem Finger haften, der prompt schlaff vor Sorge nach unten durchhing. Er machte sich so schlaff, man hätte meinen können, er stelle sich tot in der Hoffnung, die Sorge würde das Interesse an ihm verlieren. Da ein sich tot stellender Finger eine eher unangenehme Sache war, wollte ich das Grau schnell an meiner Hose abwischen, doch die erhob empört Einspruch genauso wie die chronisch leicht bis stark suizidale Pflanze. Mitgefühl reichte mir ein weiches, diensteifrig wirkendes Taschentuch und das Problem war für mich und meinen Finger gelöst. Während Ego mittlerweile bis zu seinem nicht vorhandenen Bauchnabel in schleimigem Grau feststeckte.

Mut erkannte wenig überraschend die Gefahr sofort und stürzte sich ihr entgegen, kopfüber. Das war nicht wirklich klug, und schon bald schaute aus der grauen Masse nicht viel mehr hervor als seine großen Zehen. Ich versuchte, nicht in Panik zu geraten, während Mitgefühl wenig hilfreich eine der aus dem Schleim stehenden Zehen tätschelte und in der Hoffnung, dass er sie hören würde, brüllte: „Keine Sorge Mut, alles wird gut! Wir sind für dich da". Ego schaute sie sehr verzwickt an und fragte dann: „Warum werde ich eigentlich nicht getätschelt?". Währenddessen stieg eine weitere Blase aus dem Schleim, und als sie platzte hörten wir Muts Stimme. „Danke, Mitgefühl, ich weiß deine Anteilnahme zu schätzen, könntet ihr vielleicht versuchen mich wieder heraus zu ziehen? Nachdem es nicht meine Sorgen sind, dürfte das nicht allzu schwer sein…". Ich war mächtig beeindruckt, was da so alles an Text in eine kleine Blase passte und begann zu ziehen. Ein herzhaft unhöflich schmatzendes Geräusch erklang von Seiten Schleim und mit einem Ruck war Mut befreit. Beflügelt von meinem Erfolg griff ich gleich Ego unter die Arme, um an ihm zu zerren. Doch er wollte sich nicht lösen, also zerrte ich noch mehr, während der tatenfreudige Mut an mir zerrte. Gemeinsam schafften wir es, Ego - oder einen Teil von Ego - zu befreien, seine Arme, die ich nun wenig begeistert in Händen hielt, und vor lauter Schreck fallen ließ. „Mano", sagte Ego und schaute noch ein wenig verzwickter drein, während mir Mitgefühl die Arme aus den Händen nahm und begann sie liebevoll zu tätscheln „Wir holen dich da raus Ego, kein Grund in Panik zu geraten" sagte sie mit piepsiger Stimme, die jedem verriet, dass sie selbst langsam ein klein wenig Panik bekam. „Jetzt bin ich aber beruhigt" meinte Ego, der bereits fast bis zu den Schultern versunken war, mit einem Touch Ironie in der Stimme, für den ich ihn insgeheim bewunderte. In Anbetracht der Umstände hielt er sich verdammt gut.

„Ich würde ja nichts lieber tun als mich auf dieses Grau zu stürzen, um es heldenhaft zu besiegen und in mein Trophäenalbum zu kleben, aber ich fürchte, so kommen wir hier nicht weiter. Wir müssen wohl langweiligerweise reden und die Sorgen so entkräften. Also was macht dir zu schaffen, Ego?"

„Ja, du magst das Kind doch, oder!? Du hast gesagt, ich könnte sie mögen…" mischte ich mich ein.

„Ich habe auch gesagt, dass sie schwierig ist… davon abgesehen, könnte ich vielleicht meine Arme wieder haben!?". Mitgefühl zog Nadel und Faden aus ihrer Handtasche, was mich nicht einmal mehr überraschte, und begann damit Egos Arme wieder anzunähen, was ihm Gott sei Dank nicht weh zu tun schien.

Als die Arme wieder an Ort und Stelle waren, konnte das Sorgen entkräften beginnen. Alle sahen erwartungsvoll zu Ego, doch der druckste verlegen herum. „Also ähm, möglicherweise, vielleicht irgendwie habe ich ein kleines Problem mit dem Kind, oder auch nicht, vielleicht... könntet ihr aufhören mich alle so großäugig anzuschauen, ich glaub, ich bekomm Lampenfieber".

„Kein Problem" sage ich und wir drehten ihm alle den Rücken zu. „Besser?", fragte ich.

„Nein, jetzt fühl ich mich irgendwie ausgegrenzt".

„Hör auf vom Thema abzulenken und spuck schon aus, was dir solche Sorgen bereitet" verlangte ich die Geduld verlierend zu wissen.

„Also ich mag die Kleine, um das mal klar zu stellen, nur, also, ich glaube, sie mag mich nicht!", nuschelte Ego, und sein Grün bekam einen dezenten Rotstich. Mut und Mitgefühl fiel die Kinnlade herunter. „Nein, nicht möglich!", riefen sie ganz fassungslos. Ich verstand weder ihre Fassungslosigkeit noch Egos Scham, schließlich konnte es schon mal passieren, dass man von jemandem nicht gemocht wurde. „Ach, mach dir nichts draus Ego, mir passiert das andauernd", versuchte ich, ihn aufzumuntern.

„Du verstehst das nicht, ich bin so angelegt, dass man mich mag und mir vertraut, das ist sozusagen mein Job. Wenn jemand in dir einsam ist, komm ich und helfe, weil da plötzlich jemand ist, den sie gern haben können, und dann kann ich sie aus ihren einsamen dunklen Verstecken führen, doch bei der Kleinen habe ich versagt. Sie hockt immer noch ganz alleine da drinnen. Sie braucht jemanden, aber so wie es aussieht nicht mich".

„Bist du deshalb zu mir gekommen, weil du glaubst, dass sie mich braucht?", wollte ich wissen.

„Auch, aber es gibt vieles in dir, das du noch nicht kennst und dem du begegnen solltest, um du selbst zu sein, so wie du zum Beispiel Helga kennengelernt hast. Wir sind eine kleine Gruppe in dir und jeder hat seine Aufgabe. Aber es gibt auch Teile in dir, die alleine in dunklen Ecken hocken. Das ist nicht gut und wir versuchen sie in unsere Gruppe einzufügen. Wobei die Gruppe für dich gebildet wurde, falls du das noch nicht erkannt hast. Wir sind dein inneres Helferteam".

„Ok, cool, nett von euch" erwiderte ich verlegen, als mich plötzlich unerwartet ein Geistesblitz durchfuhr, der fröhlich in meinen Hirnwindungen herumzuckte, bis ich das Gefühl hatte, dass mein Hirn juckte.

„Hat sie dir vielleicht weh getan?", fragte ich Ego, der mich darauf hin so groß anguckte, dass sein Gesicht fast nur noch aus Augen zu bestehen schien.

„Ähm, na ja, sie hat es versucht. Ich bin rechtzeitig wieder verschwunden, als sie mit einem Stock auf mich zukam, dabei sah sie gar nicht wütend aus, eigentlich hat sie sogar geweint... aber sie ist ein gutes Mädchen, das weiß ich..."

„Sie hat nicht versucht dir weh zu tun, nicht wirklich. Sie hat nur gedacht du wärst ein Stofftier, dem das nichts ausmacht. Als ich vielleicht sechs, sieben Jahre alt war hab ich immer meine Stofftiere geschlagen, wenn meine Mutter mich geschlagen hatte...", murmelte ich und konnte spüren, wie mir brennend fieses Rot in die Wangen stieg und sich dort festsetzte. Ich hatte noch nie zugegeben, dass ich als Kind geschlagen wurde, und ich fühlte die damit verbundene Erniedrigung noch heute.

Ego begann langsam aus dem Grau aufzusteigen „Das heißt es liegt gar nicht daran, dass sie mich nicht mag?"

„Nein", antwortete ich, „sie hat sich übrigens bei den Stofftieren tausend Mal weinend entschuldigt, da war keine böse Absicht dahinter oder ein nicht Mögen" sagte ich leise, mich daran erinnernd, wie lieb ich meine Stofftiere als Kind gehabt hatte.

Mittlerweile war Ego endgültig aus dem Grau herausgestiegen, das, als er nicht mehr da war, wohl tatsächlich das Interesse verlor und verschwand.

Es war geschafft. Ego stand frei von Sorge vor mir, und sah ganz entzückend aus als er, so klein er war, mit seinen großen Augen zu mir aufsah.

„Ich tue jetzt etwas", sagte er, „und das tue ich nur für dich, für sonst niemanden, ist nämlich verflixt schwierig....". Er atmete tief ein, und ich war mächtig verunsichert. „Wow, ganz toll wie du atmen kannst, find ich auch ganz nett von dir, dass du das tust!". Mein Kommentar war etwas verfrüht gewesen, denn es ging nicht darum, dass er einmal demonstrativ einatmete. Natürlich nicht. Er atmete immer weiter ein, nur nicht mehr aus. Das schien eine sehr anstrengende Sache zu sein. Gerade als ich fragen wollte, warum er sich das antat, bemerkte ich, dass er ein kleines Stück gewachsen war. Er reichte mir plötzlich fast bis zu den Knien. Was ziemlich cool war, die 20 Minuten lang, dann wurde die Sache langsam fad, jedenfalls für mich. Mut und Esmeralda vertrieben sich die Zeit damit, Ego anzufeuern. Esmeralda hatte sogar extra merkwürdig wuschelige Dinger aus ihrer Tasche gezogen, mit denen sie eifrig und glücklich herumfuchtelten. Und aussahen wie ungeübte Cheerleader. Nachdem ich mich meistens für einen höflichen Menschen halte und mir das von Zeit zu Zeit auch ganz gerne selbst beweise, blieb ich tapfer 1 ½ Stunden wartend und demonstrativ staunend stehen, um Ego beim Wachsen zuzusehen. Schließlich schien er das Ganze für mich zu tun. Nach diesen 90 Minuten war ich dann tatsächlich schwer beeindruckt. Ego und ich, wir waren auf Augenhöhe. Wenn ich nur in seine Augen blickte, und das viele Grün ausblendete, hatte ich das Gefühl in einen Spiegel zu sehen. Wir hatten genau die gleiche Augenfarbe und gerade jetzt zog er seine Augenbrauen auf eine ernste, nachdenkliche Art zusammen, die mich noch mehr an mich erinnerte, und mir das komische Gefühl gaben zuhause zu sein. Bei mir anzukommen. Er breitete seine Arme aus und drückte mich fest an seine flauschige Brust, wobei ich unpassenderweise kicherte, weil sein Gesichtsfell an meinen Ohren kitzelte. Aber es störte ihn nicht, er kicherte einfach mit und meinte in mein Ohr flüsternd: „Siehst du, so einfach ist es, für sich selbst da zu sein".

„Danke" murmelte ich und fühlte mich wohl und verlegen gleichzeitig.

„Du hast mir aus meiner Sorge geholfen und jetzt nehme ich dich in den Arm, weil du das echt mal brauchtest,und wie ich erfreut feststelle, bei mir auch zulassen kannst... ich würde sagen, wir werden langsam ein gutes Team".

„Ja, fühlt sich so an" erwiderte ich, während Mitgefühl gerührt in ihr diensteifriges Taschentuch schniefte und Mut breit grinste.

„So, und jetzt werden wir endlich für das kleine Mädchen da drinnen da sein!", sagte Ego, ließ mich los, atmete aus, und begann wieder zu schrumpfen.

„Ok" murmelte ich noch immer etwas unsicher, und blickte zu meinem guten Willen, Mut und Mitgefühl, die sich tatsächlich gemeinsam der mich mal wieder anvisierenden Hilflosigkeit entgegenstellten.

Mitgefühl sprach „Vertrau auf dein Gefühl, es wird dir den richtigen Weg zeigen!", und drückte mir die Kuscheldecke in die Hand.

Mut ermunterte „Du brauchst keine Angst zu haben, du hast alles in dir, was du brauchst, um diesen Weg zu gehen" und drückte mir den Teddy in die Hand.

Mein guter Wille sagte: „He, ich bin da, also geh schon, einfach klopfen und Tür aufmachen, die Kleine beißt fast nie" und drückte mir das Märchenbuch in die Hand.

Meine Hilflosigkeit hatte sich den Lolli geschnappt, an dem sie demonstrativ herum leckte, und meinte „ Das schaffst du nie!"

Mitgefühl, Mut, Ego und guter Wille riefen: „Klappe!". Ich erschrak, ließ alles wieder fallen, und nuschelte „Tschuldigung", während ich am Boden herumkroch, um alles wieder einzusammeln. Nachdem es mir endlich gelungen war, die Sachen wieder einzusammeln, blickte ich noch einmal zurück zu der kleinen Gruppe, die mich unterstützte und machte mich auf den Weg in Richtung Tür. Nach Ego musste ich nicht sehen, ich wusste, er war bei mir. Denn sein Fell kitzelte schon wieder an meinem Ohr. Er hatte es sich auf meiner rechten Schulter gemütlich gemacht.

Vorsichtig klopfte ich an die Tür, und noch vorsichtiger öffnete ich sie....

6. In dem Ego meine Mutter aus meinem Ohr schmeißt

Das Kind war noch immer da, noch immer verstört. Es saß in einer Ecke des Zimmers und sah winzig aus. Es machte sich ganz klein, zitterte, weinte. Die Augen fest verschlossen, um nicht sehen zu müssen, was da möglicherweise Bedrohliches ins Zimmer gekommen war.

Mich überfiel das fragwürdige Bedürfnis, die Welt zu verändern, sie besser zu machen, sicherer, schöner. Frei von bedrohlichen Schatten.

Ich wollte eine Welt, in der auch dieses Kind lachen konnte, in der genug Platz war, sodass es nicht mehr in eine Ecke gedrängt, klein und still leiden musste.

Das Bedürfnis hatte sich von hinten an mich herangeschlichen und hielt mich dann minutenlang so fest, dass mir nicht nur die Worte fehlten, sondern auch die Fähigkeit mich zu bewegen. So stand ich stumm und starr im Zimmer und sah auf dieses verstörte, kleine Wesen hinab.

Da raste mir plötzlich ein Gedanke durch den Schädel, besorgniserregend schnell. Alle anderen Gedanken sprangen hektisch und panisch zur Seite. Ich sah schon bildhaft vor mir, wie er gegen meine Schädeldecke krachte und explodierte. Doch er legte eine Vollbremsung hin und stand dann breit und ruhig, als wäre nichts gewesen, mitten in meinem Schädel.

Der „Das bin ich"-Gedanke stand nun, nachdem er so viel Wirbel verursacht hatte, selbstsicher und alleine da. Dadurch dass er alle anderen Gedanken verscheucht hatte, konnte ich ihn nicht ignorieren.

„Das bin ich, dieses Kind".

Doch so stark der Gedanke auch war, klang er fragil und falsch in meinem Kopf nach. Denn ihm fehlte etwas Entscheidendes, Gefühl. Mein Hirn hatte zwar etwas erkannt, doch mein Herz war dem Gedanken nicht gefolgt. Im Gegenteil, es hielt sich von dem Gedanken fern, als wäre er die Pest.

Vielleicht hatte mein Herz Angst. Vielleicht wollte es sich nicht ganz klein machen, zittern, weinen. Nie mehr.

„Hab keine Angst" flüsterte ich in die Stille des Zimmers und wusste nicht, ob ich mit dem Kind sprach oder mit meinem Herzen.

Das Kind sah mich an, offen, direkt, und voller Schmerz in den kleinen Kinderaugen. Einen ganzen Moment lang konnte ich fühlen, wie mein Herz es ihm gleich tat. Es blickte zurück in die Kinderaugen, offen, direkt, und voller Schmerz. Einen ganzen Moment lang machte sich mein Herz ganz klein, zitterte, weinte. Und ich wusste, das Kind konnte es in meinen Augen sehen, dass ich bei ihm war, mit ihm fühlte und verstand. Zwischen uns bestand eine Verbindung und wir konnten sie beide fühlen. Das war ein guter Anfang, dachte ich, doch als ich einen vorsichtigen Schritt in Richtung Kind wagte, wich es vor mir zurück. Sah mich mit großen ängstlichen Augen an.

Ich ging in die Hocke in der Hoffnung, dass das Kind weniger Angst vor mir haben würde, wenn ich nicht mehr so groß vor ihm stand. Mir war überdeutlich bewusst, dass ich eigentlich keinen Plan von Kindern hatte, schon gar nicht von so verstörten.

Als hätte Ego meine Gedanken gehört sagte er in die angespannte Stille des Zimmers hinein: „Du müsstest eigentlich am besten wissen, wie du mit dir umzugehen hast, oder mit dem, was du warst, erinnere dich!"

Ich wollte mich nicht erinnern und ich tat es nicht. Schob sämtliche Bilder, die an die Oberfläche drängten beiseite. Dennoch wusste ich plötzlich, was dieses Kind brauchte. Es wollte sich mitteilen, konnte aber nicht. Es hatte keine Stimme, keine Worte. In dem Mädchen brodelte etwas, das zu groß für das kleine Mädchen war, etwas Dunkles, das es nicht verstand. Ich wollte dem Kind die Möglichkeit geben, dieses dunkle Etwas herauszulassen. Ich wollte ihm ein wenig von dem Druck, der Last nehmen.

„Wir brauchen Puppen, zwei große und eine kleine, sie sollten Arme und Beine gut bewegen können. Eine der großen Puppen tragt eine Hose, die andere ein Kleid. Die kleine Puppe trägt auch eine Hose. Und wir brauchen einen kleinen Stock für die Puppen. Frag doch mal Mitgefühl, ob sie so was aus ihrer Tasche ziehen kann", sagte ich zu Ego. Er fragte „Was hast du vor?", ich antwortete „Wir spielen Mutter, Vater, Kind". Ego sagte nur „Ok", nickte ernst und verschwand, um die Sachen zu besorgen. Es dauerte nur wenige Minuten, da kehrte er schon mit den gewünschten Dingen zurück. Ich nahm ihm die Sachen ab und setzte die Puppen vor dem Mädchen ab. „Die sind für dich" sagte ich mit einem vorsichtigen Lächeln. Dann setzte ich mich in die andere Ecke des Zimmers möglichst weit weg von dem Kind. Denn ich wollte dass es Raum und Platz hatte und im Idealfall vergaß, dass ich da war.

Ich hatte mich auf Warten eingestellt, doch es dauerte nicht lange bis das Kind nach den Puppen griff. Es nahm sich die kleine Puppe und die große im Kleid. Mutter und Kind. Es stellte die Beiden einander gegenüber, mit einigem Abstand. Das erste Mal seit ich ins Zimmer gekommen war begann das Kind zu sprechen, es verstellte die Stimme, versuchte sie erwachsen klingen zu lassen. „Hose runter und vortreten, ich warte…" das Kind begann die kleine Puppe zu schütteln, vor Angst vermutete ich. Doch sie bewegte sich nicht, die kleine Puppe, blieb tapfer weiter stehen, anstatt vorzutreten.

Plötzlich erinnerte ich mich, zuletzt war ich immer vor getreten, weil ich das Warten nicht mehr aushielt, und Angst hatte, mir vor Angst in die Hose zu machen. Und tatsächlich, auch die kleine Puppe trat irgendwann vor, zog die Hose aus und beugte sich vor, um dann von der großen Puppe mit dem Stock geschlagen zu werden.

Ich fühlte mich zutiefst gedemütigt, erniedrigt und gebrochen, als ich das Spiel des Kindes beobachtete und doch konnte ich den Blick nicht abwenden.

Nach einiger Zeit hörte das Schlagen auf, die kleine Puppe durfte die Hose wieder anziehen. Die große Puppe, die Mutter, wurde in die Ecke gestellt. Die männliche Puppe war jetzt an der Reihe. Und wieder musste die kleine Puppe die Hose ausziehen, doch dieses Mal musste sie nicht hinknien, sie musste sich auf den Rücken legen und die Beine spreizen, ganz weit, damit die Hand der großen Puppe dazwischen Platz hatte. Mehr bekam ich nicht mehr mit, denn plötzlich begann ich Bilder zu sehen von mir als Kind, die Bilder, die ich die ganze Zeit weggeschoben hatte, denn sie sagten mir, dass ich abartig war, pervers, nicht normal. Ich hatte eine kranke Fantasie, als Kind und als Erwachsene, das Spiel des Kindes bewies es, und niemand durfte es wissen. In mir war ich verdorben und schlecht, böse und hässlich. Jeder, der mir nahe kommen würde, würde das erkennen. Jeder. Die gedachten Worte hatten ein unglaubliches Gewicht und ganz plötzlich konnte ich genau sagen, wo dieses Gewicht saß, es saß in meinem rechten Ohr. Ich sprang auf, stellte mich vor den Spiegel und drehte den Kopf, konnte aber nicht viel erkennen. Doch, ohne dass es mich groß überrascht hätte, hielt ich von einem Moment auf den anderen einen kleinen Spiegel in meiner Hand. Ich drehte mich so, dass ich mit Hilfe des zweiten Spiegels in mein Ohr sehen konnte. Und tatsächlich, da saß jemand, meine Mutter. Es waren ihre Worte, die in meinem Kopf widerhallten, nicht meine. Meine Mutter raunte immer weiter in mein Ohr: „Du bist schlecht, böse, bestraf dich". Reflexartig sah ich mich nach einem scharfen Gegenstand um, mit dem ich mich verletzen konnte.

Doch Ego war da, war es die ganze Zeit gewesen, er krabbelte flink auf meine rechte Schulter und tat etwas Ungeheuerliches. Er griff in mein Ohr, zupfte meine Mutter heraus, und schnepfte sie in die Zimmerecke, wo sie böse und winzig auf und ab sprang und mit piepsiger Stimme etwas sagte, das ich nicht mehr verstand. Dann drehte er meinen Kopf mit sanftem Druck nach rechts, sodass ich ihm in die Augen sehen konnte und sagte: „Das bist nicht du, du bist nicht deine Mutter". Dann drehte er meinen Kopf in Richtung Kind. „Das bist auch nicht du, dieses Kind ist ein wichtiger Teil von dir, aber du bist mehr, du bist nun erwachsen, eine junge Frau, fähig eigene Entscheidungen zu treffen, eigene Handlungen zu setzen. Entscheide dich, woran willst du glauben, wer willst du sein, und was willst du tun? Jetzt und hier".

Ich schloss die Augen auf der Suche nach meiner eigenen Wahrheit. Doch die Worte meiner Mutter hallten noch immer in meinem Kopf nach. Vermischten sich mit Bildern von einem Mann an meinem Bett, der seine Hand zwischen meine Beine schob. Ich riss die Augen wieder auf und sah in die Augen des verzweifelten Kindes, das ich gewesen war. Woran wollte ich glauben, ich wusste es, in diesem Moment wusste ich es, an mich, an dieses Kind.

Da waren Worte in mir, Worte und Gedanken, sie bildeten eine Wahrheit, meine eigene Wahrheit über mich. Und in dieser Wahrheit gab es kein böses, gestörtes Kind. Es gab ein verletztes Kind, das versuchte etwas mitzuteilen, für das ihm noch die Worte fehlten. Es war eine schwere, traurige Wahrheit, doch es war meine Eigene.

Ich sah wieder auf das Kind, das mit den Puppen spielte und dabei leise weinte. Ich ging in die Hocke, griff nach der kleinen Puppe, die so misshandelt worden war, mein inneres Kind wich vor mir zurück und starrte mich mit großen, ängstlichen Augen an. Ich hielt die kleine Puppe so, wie man ein Baby halten würde, in meinen Armen, strich ihr sanft über den Kopf und wiegte sie dabei. Dann beugte ich meinen Kopf hinab und flüsterte der Puppe ins Ohr, sodass auch mein inneres Kind es hören konnte. „Ich hab dich lieb, und ich werde nicht zulassen, dass dir jemals wieder jemand weh tut". Das Mädchen, Joy, schenkte mir für meine Worte ein vorsichtiges Lächeln, vielleicht war das nicht viel, doch es war ein Anfang, ich sah ein Aufblitzen von dem, was das Mädchen sein könnte, wenn man ihr half den Schmerz zu überwinden. Ich sah in diesem vorsichtigen Lächeln Hoffnung.

Jedes Wort, das ich gesagt hatte, entsprach einer Wahrheit, die ich tief in mir fühlen konnte. Mein Blick auf mich, auf das was ich gewesen war, hatte sich grundlegend verändert, jetzt wo in meinem Kopf Platz war für meine eigenen Gedanken über mich. Ich hatte mich entschieden, was ich sein wollte: eine liebevolle Erwachsene, fähig einem verletzten Kind die Hand zu reichen, für es da zu sein. Nicht eine Sekunde meines

Lebens würde ich mehr damit verschwenden, mich für das, was ich gewesen war, ein Opfer, zu verurteilen. Diese Zeiten waren vorbei. Ich war endlich, aber doch, erwachsen geworden. Denn ich wollte etwas, ich wollte es unbedingt, zum ersten Mal in meinem Leben. Ich wollte die Verantwortung für mich selbst tragen. Normalerweise war ich eher so: „Verantwortung? Igitt! Schnell weg damit". Mein erster Impuls bei Verantwortung war immer, sie jemand anderem mit den Worten „Halt mal kurz" in die Hand zu drücken, um dann eifrig, schadenfroh kichernd davonzurennen. Aber jetzt empfand ich die Verantwortung mir selbst gegenüber nicht als Last, die ich tragen musste. Im Gegenteil, ich fühlte mich von meinem Wissen um mein Erwachsensein getragen und gestärkt, und griff gierig nach der Verantwortung. Als etwas, auf das ich gewartet hatte, ohne es zu wissen. Ich war endlich bereit für mich selbst und alles, was in mir steckte. Ich wollte mich mir beweisen, mir selbst gerecht werden und niemandem sonst. Vielleicht war ich nur einer Person etwas schuldig, mir selbst. Zum ersten Mal in meinem Leben wollte ich einfach nur Ich sein, mit allem, was in mir lebendig war. Ich hatte etwas getan, das mein Leben für immer verändern sollte. Ich hatte mich für mich entschieden, und es fühlte sich so richtig gut an. Dennoch konnte ich auch das verletzte, gedemütigte Kind in mir fühlen, wusste aber gleichzeitig, dass ich mehr war als dieses Kind. Die Rolle des Opfers war mir schon längst zu klein geworden und ich konnte fühlen, wie ich begann aus dieser Rolle herauszuwachsen. Das musste ich auch dringend, jetzt wo ich entschieden hatte, für dieses verletzte Kind da zu sein. Für mich da zu sein.

Ich hatte im Grunde immer geglaubt, ich könnte nicht mit mir selbst leben, nicht mit dem, was ich gewesen war, doch jetzt fühlte ich mich so konfrontiert mit mir selbst, und ganzer als je zuvor. Ich hatte mich dem Teil meiner selbst gestellt, der mir am meisten Angst gemacht hatte, hatte meinen Schmerz, meine Verletzung berührt - und ich war noch da. Ebenfalls zum ersten Mal in meinem

Leben hatte ich das Gefühl, alles wäre möglich, ich fühlte mich stark und frei. Ich war noch da, trotz allem, was passiert war, und das empfand ich plötzlich als Sieg. Ich schenkte Joy ebenfalls ein Lächeln, ein breites, das meine neu entdeckte Freude ausdrückte, Ich zu sein.

Doch wie das eben ist, meine Freude sollte nicht lange anhalten. Denn die Zimmertür ging auf und ein Mann trat mit den Worten ein: „Da ist doch nicht etwa jemand dabei Selbstwert und Selbstvertrauen zu entwickeln?"

„Wer sind sie? Und warum sehen sie aus wie Nelson Mandela?", verlangte ich zu wissen, verärgert über die Störung, gerade jetzt wo ich dabei war, Joy näher zu kommen.

„Ich bin dein innerer Coach, ich weiß alles, kenn jeden in dir und organisiere den ganzen Haufen, der sich dein Helferteam nennt. Vermutlich sehe ich aus wie Nelson Mandela, weil du ihn sympathisch findest, ist jetzt auch nicht so wichtig. Wir haben ein kleines Problem, eine große böse Mutter ist im Anmarsch, vermutlich fühlt sie sich durch deinen neu entdeckten Glauben an dich und deinen Wert bedroht".

„Ist jetzt nicht dein ernst, oder? Ich habe meine Mutter gerade erst aus meinem Ohr geschmissen, das heißt eigentlich hat Ego sie rausgeschmissen, sie hüpft da in der Zimmerecke herum". Ich sah in die Zimmerecke, doch meine kleine Mutter war verschwunden.

„Ich rede nicht von der, die in deinem Ohr saß, ich rede von der großen, mächtigen, der es gar nicht gefällt, dass du Selbstwert entwickelst".

„Na toll, und was mache ich jetzt?", wollte ich wissen. Der Coach sah mich ernst an, um seine Worte zu unterstreichen. „Dich ihr stellen, halte fest an deinem Glauben, an dich und an Joy, und schütze sie. Wenn ich mich recht erinnere, hast du eben noch gedacht, du willst dich dir selbst beweisen. Jetzt hast du die Gelegenheit dazu. Du musst deiner inneren Mutter, Grenzen setzen, es wäre also hilfreich wenn du deine Wut jetzt zulassen und nutzen könntest, so wie du es von Helga gelernt hast. Doch bedenke eines, deine innere Mutter - so böse und gefährlich sie wirkt - ist in dir entstanden, um dir zu helfen. Wie wir alle. Auch sie hat eine wichtige Aufgabe in dir, die sie erfüllen möchte".

„Du meinst, ich soll meine Mutter besiegen? Können wir sie nicht irgendwo in mir einsperren? Wäre das eine Lösung?"

„Ich weiß nicht ob besiegen, das Richtige ist, oder einsperren. Sie hat viel Kraft, vielleicht könnten wir dieser Kraft eine neue Richtung geben, sodass sie sich nicht mehr gegen uns wendet, sondern ihre Kraft für uns nutzbar wird. Das wäre meine Idee", antwortete der Coach.

„Was für eine Aufgabe hat sie denn außer mich fertig zu machen?", entgegnete ich.

„Das musst du schon selbst herausfinden. Sie ist gleich da, vielleicht solltest du dich ihr außerhalb dieses Zimmers stellen, damit Joy keine Angst bekommt. Ego kann ja bei ihr bleiben".

„Du glaubst nicht, dass ich sie besiegen kann, oder? Du glaubst nicht, das ich stark genug bin", verlangte ich, von erneuten Selbstzweifeln geplagt, zu wissen.

„Ich glaube, du bist stark genug, ihr Grenzen zu setzen, vielleicht sogar stark genug sie zu besiegen. Ich glaube nur ganz ehrlich, dass das nicht der richtige Weg ist. Die anderen, Theobald und Esmeralda, sind noch draußen. Aber sie werden sich nicht einmischen, das ist dein Kampf. Dennoch werden sie da sein, sie sollen dich erinnern, an deinen Mut und dein Mitgefühl, denn auch das wirst du brauchen".

Ich begab mich langsam zur Tür. Ich hatte Angst, doch ich wusste, ich musste diesen Kampf kämpfen, für mich und für Joy. Bevor ich das Zimmer verließ, sah ich noch einmal in Joys Richtung, Ego hatte sich zu ihr gesetzt und hielt ihre Hand, was sie nicht zu stören schien. „Alles wird gut, dir wird nichts passieren" sagte ich an Joy gewandt, dann öffnete ich endgültig die Zimmertür und betrat wieder mal die Küche. In der Ferne war das Stampfen von wütenden, nahenden Schritten zu hören.

Ich sollte gegen meine Mutter kämpfen, sollte sie aber nicht besiegen. Ich hatte keinen Plan, wie das gehen sollte, da stand sie auch schon vor mir mit einem Stock in der Hand, mit dem sie wild herumfuchtelte. Ich blickte zu Theobald, Mut konnte ich jetzt wirklich gut gebrauchen. Er lächelte mir aufmunternd zu, zog einen Stock aus Esmeraldas Tasche, die neben ihm stand, und warf in mir zu: „So jetzt herrscht Chancengleichheit", rief er mir zu, während ich den Stock auffing.

Kurz darauf holte meine Mutter auch schon zum Schlag gegen mich aus. Ich wehrte ihren Hieb ab, da folgte auch schon der nächste. Ich duckte mich schnell, um auch diesem Hieb auszuweichen.

„Lass uns reden", presste ich aus zusammengepressten Zähnen hervor, während ich erneut einen ihrer Schläge mit dem Stock auswich.

„Ich werde dafür sorgen, das du nie vergisst, wo du hingehörst!", zischte mir meine Mutter entgegen und holte erneut aus. Wieder einmal konnte ich den Hieb abwehren. Das lag daran, dass sie nicht sehr einfallsreich war beim Zuschlagen, sie holte immer auf die gleiche Art aus, und ich war mittlerweile drauf gekommen, dass ich die Schläge ganz leicht immer auf die gleiche Art abwehren konnte.

„Und wo gehöre ich hin?", verlangte ich zu wissen. Meine anfängliche Angst hatte sich gelegt und wich nun immer mehr der Wut.

„In eine Ecke" antwortete sie. Wieder einmal zuckte es in den Windungen meines Hirns, und da kam mir eine Idee. Ich würde ihr nachgeben und einfach schauen was passierte.

„Kein Problem" sagte ich, und stellte mich in die nächste Ecke. „Gut so? Zufrieden?", fragte ich.

„Nein, ganz und gar nicht", zischte meine Mutter. „Du bist klein und schwach, setz dich und mach dich unsichtbar". Sie hatte aufgehört mit dem Stock herumzufuchteln, das sah ich schon mal als gutes Zeichen. Ich setzte mich in die Ecke und machte mich ganz klein. Ich hatte gedacht, ich könnte jeder Zeit wieder aufstehen und meine

Opferrolle einfach wieder verlassen, doch ich hatte mich getäuscht und meine Mutter unterschätzt. Es war ein Fehler gewesen ihr nachzugeben, doch das erkannte ich zu spät. Nämlich erst, als sie plötzlich eine schwere Eisenkette in der Hand hielt, die sie mir blitzschnell um den Hals legte. Am anderen Ende der Kette war eine schwere Kugel befestigt, deren Gewicht mich sofort noch mehr nach unten zog und mich am Boden hielt. Getrieben von blinder Wut und Verzweiflung schmiss ich mich sofort gegen die Kette, stemmte mich gegen das nur allzu vertraute Gewicht. Es half nichts, die Kette hielt.

Meine Mutter lächelte „Ich habe dir doch gesagt, ich werde dafür sorgen, dass du nie vergisst, wo du hingehörst" sie holte mit dem Stock aus und ich zuckte vor Angst zurück und machte mich noch kleiner. Ihr Lächeln wurde breiter. Mein Anblick bereitete ihr offensichtlich Freude. Und in diesem Moment hasste ich sie, ich hasste sie abgrundtief, für die Freude, die sie beim Quälen empfand. Ganz wie meine echte Mutter. Tränen der

Wut, der Verzweiflung liefen mir über die Wangen und ich schrie, wie ich noch nie geschrien hatte: „Ich hasse dich, für das, was du mir antust. Ich werde gegen dich kämpfen solange ich atme und lebe!"

„Du kannst dich doch nicht mal von diesen Ketten befreien, und weißt du auch warum!? Weil sie dir Halt und Sicherheit geben, sie zeigen dir wer und was du bist. Du bist nicht stark genug die Ketten abzuschütteln und schon gar nicht stark genug um gegen mich zu kämpfen" erwiderte meine Mutter gelassen und selbstsicher.

„Du genießt es, mich klein und hilflos zu machen, wie schwach und erbärmlich, wie winzig muss man sein, wenn man andere klein machen muss um sich selbst ein bisschen größer und stärker zu fühlen" entgegnete ich ihr. Ihr Lächeln verblasste für einen Moment, was ich mit einiger Genugtuung sah.

„Ich wäre bereit gewesen dir eine Chance zu geben, doch du hast mich verraten, getäuscht, mich in Ketten gelegt" krächzte ich zutiefst enttäuscht und verletzt, und mit einem Hauch von Hoffnung. Vielleicht würde sie mich ja doch wieder befreien. Doch sie antwortete „Was hast du denn erwartet! Ich bin ein Abbild deiner Mutter. Ich lege dich in Ketten und ja, ich genieße es, dich so klein und schwach zu meinen Füßen zu sehen. Das bin ich. Wenn du geglaubt hast, ich könnte etwas anderes sein, hast du dir etwas vorgemacht. Glaubst du denn immer noch, ich könnte ein bisschen Mami spielen, mich plötzlich verändern, dich ganz mütterlich in den Arm nehmen?"

„Meine richtige Mutter konnte all das auch, sie war fähig zu Mitgefühl. Sie war kein schlechter Mensch. Sie hat mich nur geschlagen und erniedrigt wenn ich sie aus Versehen verletzt oder zurückgewiesen habe. Sie war depressiv, überfordert, fühlte sich leicht verletzt…".

„Stimmt, und damit hat sie dich zu einem perfekten Spielzeug für andere gemacht. Bist du überhaupt auf die Idee gekommen ihren Freund, den du auch Papa genannt hast, zurückzuweisen!? Nein, oder? Das hätte den armen Mann ja verletzt!"„Ich hasse dich!"„Ihr

Mitgefühl, das dich lockte und auf das du immer wieder hereinfielst, hat dich mehr in Ketten gelegt als ihre Gewalt. Ich empfinde kein Mitgefühl, ich stehe nur für die Gewalt, und die Freude an der Gewalt (gegen mich kannst du kämpfen)". Wieder lächelte sie, um dann fortzufahren „Wie viele neugierige Jungs durften sich an dir austoben? Ohne dass du je nein gesagt hättest. Weißt du, was du bist, ein kleines, gut erzogenes Spielzeug, mit dem man machen kann, was man will. Ekelt es dich nicht vor dir selbst? Glaubst du immer noch, du bist etwas wert? Nichts bist du, gar nichts. Ein Spielzeug das man nach Gebrauch wegschmeißt, ein Kind das sich so verzweifelt nach Liebe sehnt, dass es sich missbrauchen lässt. Ein bisschen Zuwendung, und schon darf der gute Mann auch mal mit dir spielen, oder der Nachbarsjunge. Irgendwer hat dich immer aus dem Müll gezogen, wo dich ein anderer liegen ließ, um dich erneut zu benutzen. Du bist ein braves, kleines Mädchen, das nur ja niemanden verletzten und zurückweisen will, erbärmlich und schwach, hungernd nach ein bisschen Liebe, und deine Mutter hat dich dazu gemacht".

Ich weinte, jedes Wort war wie ein Hammerschlag auf meine verletzte Seele gewesen. „Ich war doch nur ein Kind!", flüsterte ich in die eintretende Stille des Zimmers.

„Andere Kinder laufen weg. Sie erzählen jemandem von dem was mit ihnen passiert. Aber du nicht. Weil du ihn lieb hattest, hast du ihn geschützt. Aber vielleicht wolltest du ja auch, was mit dir passierte. Du wolltest doch seine Zuwendung, seine Aufmerksamkeit!? Hat dir gefallen, was du bekommen hast? Er war doch im Grunde recht vorsichtig und zärtlich… Vielleicht warst du nichts anderes als eine kleine, frühreife Hure."

„Ich war sieben!", schrie ich ihr mit letzter Kraft entgegen. Ich war zu einem kleinen Häufchen Elend zusammengesackt. Meine Mutter beugte sich zu mir hinab, nahm meinen Kopf in ihre Hände und zwang mich, sie anzusehen, während sie sagte: „Jetzt bist du wieder dort, wo du hingehörst. Ein kleines, wertloses Spielzeug, in einer dunklen Ecke. Mach es dir gemütlich, denn das wird dein Leben sein". Ich glaubte jedes Wort, das sie sagte, als mich plötzlich etwas stutzig machte: Sie lächelte zwar zufrieden, doch ihre Stimme klang irgendwie enttäuscht. Fast so, als hätte sie auf einen anderen Ausgang gehofft. Ich ging im Geiste noch einmal alles durch, was meine innere Mutter gesagt hatte und mir wurde eines klar. Sie stand nur für eine Seite meiner Mutter, für ihre schlechteste Seite, das Gute fiel weg, und somit konnte ich eines tun, was ich bei meiner richtigen Mutter nie geschafft hatte, weil es eben auch das Gute gab - ich konnte gegen sie kämpfen. Und noch etwas fiel mir auf. Das Abbild meiner Mutter verurteilte das, was ich an meiner Mutter für gut hielt, weil es das Gute war, das mich an die Kette gelegt hatte. Und vielleicht stimmte das sogar, vielleicht war es das „Wenn ich nur brav bin, dann…", das mich an die Kette gelegt hatte, nicht die Gewalt selbst.

Doch die Frau, die jetzt vor mir stand, gab keine falschen Versprechen von Wärme. Es brachte mir nichts ganz brav, ganz still zu sein. Es hatte mir im Grunde noch nie etwas gebracht, weil es nie Regeln gegeben hatte, an die ich mich hätte halten können. Sie war auch nicht depressiv, und musste geschont werden. Die Frau vor mir würde nicht einen Schritt zurückweichen, es sei denn ich zwang sie dazu. Und genau das wollte ich tun, ich wollte gegen sie kämpfen, gleichzeitig fühlte ich mich schuldig und schmutzig, wie das Spielzeug, das ich gewesen war. In mir gab es einen kleinen, harten Punkt, der höllisch wehtat. Ich machte mich auf den Weg, versuchte diesen Punkt zu erreichen, zu berühren. In ihm lag eine verborgene Kraft, eine Kraft, die ich brauchte, um kämpfen zu können. Das spürte ich ganz genau, durch die Wellen aus Schmerz, die mir von ihm ausgehend entgegenschlugen.

Doch als es mir gelang, ich den Punkt erreichte, ihn sogar in Händen hielt, war da nur noch mehr Schmerz. Reiner Schmerz, klar und unverfälscht. Meine Hände, die den Schmerz hielten, drückten zu, ganz fest. Da war auch Wut. Wieder bildeten sich Tränen in mir, durchtränkt von Wut, während ich noch immer meinen Schmerz in Händen hielt, ganz fest. Die Tränen brannten aus mir heraus, zischten auf meiner Haut, und als ich sie mit der Hand fortwischen wollte, und einige Tränen an meiner Hand haften blieben, konnte ich sehen, sie brannten wirklich. Meine Tränen standen in Flammen und ein warmer Feuerschein ging von ihnen aus. Einige, die ich nicht fortgewischt hatte, wanderten an mir herunter, erreichten meinen Hals und die Kette. Es zischte noch mehr und die Kette begann sich aufzulösen, als meine Feuertränen auf sie trafen. Gleichzeitig begann auch der harte Klumpen in meinem Inneren sich unter dem warmen Druck meiner Hände zu lösen. Während ich noch immer meine Feuertränen weinte, brach etwas aus mir heraus, es war ein Schrei, es war eine Anklage. „Wo warst du? Ich hätte dich gebraucht! Wo warst du? Wo warst du!" Ich schrie es wieder und wieder meiner Mutter entgegen, die langsam vor meinen Worten zurückwich. Als wäre jedes

Wort ein Schlag in ihr Gesicht. Ich war aufgestanden, denn die Kette hatte sich mittlerweile ganz gelöst. Aufrecht stand ich vor ihr. Meine Worte wiederholend. „Ich hätte dich gebraucht!" Die Schuld hatte die Seite gewechselt, sie stand nun bei meiner Mutter. Ich hatte sie dorthin gestellt. Ich hatte Anklage erhoben. Meine Wut, mein Schmerz, hatten mir die Kraft dazu gegeben. Jetzt wo die Ketten verschwunden waren, stand ich als freier Mensch vor meiner Mutter. Ich stand aufrecht, nichts an mir war klein, und ganz sicher würde ich nicht länger brav sein oder mich unsichtbar machen. Ich wollte die Konfrontation, wollte sie mehr als je zuvor. Ihr Fehlen in so vielen Momenten, in denen ich eine Mutter gebraucht hätte, schmerzte mehr als jede Gewalt. Die Verlassenheit, das Alleinsein in den dunkelsten Momenten, war das, was mir am meisten wehtat. Da war keine Mutter gewesen, zu der ich hätte gehen können, die mich beschützt hätte. Da war nur eine Mutter gewesen, die ich zu fürchten gelernt hatte. Ich wollte, dass die Frau die mir jetzt gegenüber stand, alles sah. Meine Verzweiflung, meine Angst, meinen Schmerz, und ich wollte, dass sie sich dafür verantwortlich fühlte. Ich wollte, dass sie erkannte was sie getan hatte, was sie nicht getan hatte. Ich ließ zu, dass die Gefühle die in mir tobten, nach außen sichtbar wurden, sie strahlten aus mir heraus, meiner Mutter entgegen, die mittlerweile so weit zurückgewichen war, dass sie nun in der Ecke stand. Ich baute mich vor ihr auf und wiederholte meine Worte „ich hätte dich gebraucht". Unter dem Gewicht meiner Worte wurde sie ganz klein. Nun war sie es, die zu mir aufsehen musste. Doch ihr Anblick bereitete mir keine Freude, er machte mich nur noch trauriger. Als sie den Mund aufmachte, rechnete ich mit, oder hoffte auf ein „Es tut mir leid", doch sie sagte etwas ganz anderes. „Gut gemacht". Dabei sah sie mich an und ich konnte auch in ihren Augen Traurigkeit sehen. Und sogar noch mehr, Stolz und Mitgefühl. Sie hatte gelogen, denn da war echte Wärme in ihrem Blick. „Du hast gewonnen, was willst du jetzt mit mir tun?

Mich für immer in dieser Ecke sitzen lassen, irgendwo ganz klein in dir, sodass du mich nicht fühlen musst?" Ihre Worte klangen ernst und schicksalsergeben.

Die Idee gefiel mir, ich dachte eine Weile darüber nach. Dann reichte ich ihr die Hand und zog sie auf die Füße. So, dass wir auf Augenhöhe standen. „Du wolltest von Anfang an dass ich gegen dich kämpfe, und du wolltest, dass ich gewinne. Deine Aufgabe ist es, mich stärker zu machen als dich, und mir zu helfen, die Schuld nicht mehr bei mir selbst zu suchen".

„Ja" antwortete sie, und weiter „denn nichts von dem was mit dir passiert ist war deine Schuld. Du hast Recht, du warst noch ein Kind, das sich nicht wehren konnte. Doch jetzt bist du eine starke Frau. Und ich habe meinen Teil dazu beigetragen, dass du es wirst..." Ich wartete darauf, dass noch mehr kam, wartete noch immer auf ein „Es tut mir leid", doch sie schien es, einfach nicht sagen zu wollten, stattdessen sagte sie, als wüsste sie ganz genau worauf ich hoffte: „Versprich mir bitte eins, verbring dein Leben nicht damit auf ein, „es tut mir leid", zu warten und zu hoffen. Vielleicht wirst du eines Tages deine richtige Mutter mit deinem Schmerz konfrontieren, und sie wird sich entschuldigen, vielleicht auch nicht. Mach dein Leben bitte nicht länger von ihr abhängig. Sonst wirst du das Gewicht der Kette wieder fühlen müssen. Vielleicht tut es dir selbst leid, was mit dir passiert ist und das darf es auch. Fühle mit dir, trauere um das, was dir genommen wurde, unabhängig von deiner Mutter".

„Ok, ich werde es versuchen" antwortete ich. „Was passiert jetzt, wie geht es weiter mit uns beiden?"

„Streng genommen bin ich jetzt arbeitslos, gibt es auch so was wie ein Arbeitsmarktservice in dir?"

„Na ja, du könntest mich vielleicht immer warnen, wenn wieder die Gefahr besteht, dass ich mir selbst Ketten anlege und mich von anderen abhängig mache? Sicher besser als einfach in mir rum zu gammeln, den ganzen Tag vor dem Fernseher zu sitzen…".

„Eine gute Idee, das kann ich schon tun"
sagte sie lächelnd. Sie war wie
ausgewechselt, dennoch würde ich vorsichtig
sein. Ich würde nicht vergessen, dass sie
auch die Fähigkeit hatte mich zu quälen. Und
sie würde es wieder tun, wenn sie es für
notwendig hielt.

„Du hast recht mit deinen Gedanken, sei
ruhig vorsichtig was mich angeht, ich habe
es auch nicht anders verdient, dennoch
denke ich dass wir fürs Erste einen
Waffenstillstand aushandeln können. Ich
werde dich warnen, wenn wieder Gefahr
besteht, dass du dich an die Kette legst, und
vielleicht werden wir dann auch ein bisschen
streiten. Aber eines steht fest, du hast
gewonnen, du bist die Stärkere, und du bist
der Boss. Daran gibt es für mich nichts zu
rütteln. Waffenstillstand, Boss?" Sie hielt mir
die Hand hin, und ich schüttelte sie feierlich.
Der Waffenstillstand war beschlossene
Sache.

„Ok, dann werde ich mal wieder in dir
verschwinden" sagte sie und ging auf mich
zu und wie ich dachte durch mich hindurch,

doch als ich mich umdrehte, war sie nicht zu sehen. Sie war tatsächlich wieder in mich hinein gegangen. Da gehörte sie ja auch hin, schließlich war sie meine innere Mutter.

Als sie verschwunden war, kamen der Coach, Mut und Mitgefühl langsam auf mich zu um mir zu meinem Sieg zu gratulieren. Der Coach meinte „Das hast du wirklich gut gemacht, du hast eine wichtige Verbündete gewonnen. Wir werden jetzt auch erst mal wieder in dir verschwinden, aber wenn du uns brauchst, werden wir da sein!" Der Reihe nach gingen sie auf mich zu und in mich hinein. Plötzlich stand ich ganz alleine in meiner Küche. Keine Projektion meines Inneren war in Sicht. Ich grinse breit vor mich hin und rauchte, das Alleinsein genießend, eine Zigarette. Dann machte ich mich wieder auf in Richtung Tür. Joy und Ego warteten bereits auf mich. Dachte ich. Doch die Beiden warteten gar nicht auf die siegreich zurückkehrende Heldin. Sie lagen in meinem Bett und schnarchten um die Wette. Eng aneinander gekuschelt. Joy sah so friedlich aus, als wüsste sie, dass sie von nun an in

Sicherheit war. Und vielleicht wusste sie es ja tatsächlich. Ich legte mich vorsichtig zu den Beiden und sie kuschelten sich schon bald an mich. Joy lächelte im Schlaf, und mir wurde klar, sie wusste, sie würde nie mehr alleine sein.

Am nächsten Morgen erwachte ich mit etwas Flauschigem in meinen Armen. Es war eine „Ich tue dir nichts, hab mich ruhig lieb" Version meiner selbst. Ich grinste und drückte sie, endlich meine Augen öffnend, noch ein wenig fester an mich.